U0899849

KEY·可以文化

格非·作品系列

边缘

On the Margins

格非

浙江文艺出版社
Zhejiang Literature & Art Publishing House

目　录

边　缘

道　路

现在,我依旧清晰地记得那条通往麦村的道路。多少年来,它像一束幽暗而战栗的光亮在我的记忆里闪烁不定。我记起那是一个遥远的四月,阳光收敛,雨水滂沱。西风驱赶着一块块疾驰的流云,暴雨像鼓点一样追逐着装满麦秸的马车,将道路砸得坑坑洼洼……

那条道路像是突然从一道山梁的背后闪了出来,沿着赤褐色的荒原伸向灰蒙蒙的天际。

当时,我并不知道,这条光秃秃的道路实际上已经包含了我漫长而短促的一生中所有的秘密。

在道路的另一头,我的记忆混沌未开。我只是记得一个粉红色的画面,它像一瓶被打翻的颜料在水面上慢慢荡开,它是一道夕阳的余晖,从中我看见了父亲的身影。

那天,父亲很晚的时候才回来。我和母亲都看到了他那副垂头丧气的样子。他顺着护城河边的墙根朝宅院走来的时候,母亲正蹲在百叶窗台上糊着窗纸。她不时地探头朝窗外张望,好像在聆听着外面的什么声音。这是一个静寂的黄昏,通过敞开的门扉,我看见在父亲的身后,西沉的夕阳在护城河狭窄的水面上瑟瑟战栗,将河畔的芦荻和城墙的雉堞染成一片灰红。

父亲在客房里的一张木桌边坐了下来,随手翻看着桌上的一张旧报纸。

“看样子,我们要离开江宁了。”父亲说。

母亲的身体战栗了一下,她手里捏着一瓶糨糊,小心翼翼地从窗台转过身来,出神地看着父亲。

“这话你已经说了差不多有一年了。”

“这回是真的。”父亲说,“我已经到了去乡下读书的年纪啦。”

“什么时候走?”

“明天。”

母亲转过身去,继续糊着她的窗纸,她似乎没有意识到,既然明天就要离开,她接下来的劳作已经没有什么意义了。

“我们去哪儿?”过了一会儿,母亲说了一句。

不过,这时父亲已经走开了。客厅里空空荡荡的。傍晚潮湿的风拂动着门帘,门帘上挂着的几枚薄铁片互相碰撞着,发出清脆而单调的声响。

第二天一早，我们就上路了。两顶宽敞的大轿摇摇晃晃地走出了一道又一道阴暗的街巷。母亲的手紧紧地箍着我，我能够觉察到她急促的呼吸里包含着的慌乱和忧伤。

我们在经过玄武门的时候，坐轿停下来接受岗哨的盘查。一名军官告诉我们，前面的护城河边正在处决犯人，因此，我们的轿子不得不在玄武门耽搁一会儿。我掀开轿帘，看见一列列穿戴整齐的军士拖着枪械快速朝城南的方向跑去，不时有几匹黝黑的战马掠过灰褐色的晨曦，在街道的拐角处消失。

不一会儿，我就听到了一排枪声。当时，我并不知道这个世界上正在发生着什么事情，同样，我也不知道这顶猩红的坐轿将要把我带向什么地方。我只是模模糊糊地感觉到，一种不祥的噩运已经在我们身边悄悄地降临了。

轿子刚刚走出了城区，天空就开始下起了蒙蒙细雨。雨水在轿顶上淤积成水珠，不时地渗进轿子里来，滴在我的脸上，将瞌睡中的母亲惊醒。道路也渐渐地变得泥泞起来，在抬杆的毛竹“吱咯吱咯”的声响中，那些轿夫走不了几步就要停下来歇息。

一天深夜，行走中的坐轿又一次停了下来，一只枯瘦的手掀开轿侧的布帘，父亲的脸出现在夜色之中。它像一棵久雨缠绕的树木，在蓝莹莹的月光下显得阴森森的。

父亲将沉睡中的母亲推醒，告诉她前面不远的地方正在打仗。我似乎也听到了远处传来的零星枪声。看得出，父亲非常惊慌。我们的轿子在麦田和马铃薯地里歪歪斜斜地走了好一阵，来到了一处池塘的边上。那里是一片打谷场，上面堆满了大大小小的草垛。这些稻草大概是往年积存下来的，让雨一淋，四周散发着霉味。

我们刚刚来得及吹灭马灯，钻进湿漉漉的草垛中，马蹄践踏着水花的声音跟着就过来了。稀疏的枪声在空旷的荒野上发出一阵阵怪叫，它久久地滞留在空气中，好像等着下一声枪响和它汇合在一块儿。我的身体不时地抽搐着，仿佛每一枪都打中了我。母亲的身体抖动得更厉害，潮湿的稻草连续不断地发出窸窸窣窣的喧响，所以，她一点也没有理会我的恐惧。

我们在打谷场上的草垛中躲藏了整整一夜，第二天拂晓又接着赶路。当太阳升起来的时候，旷野里的一切都在眼前变得明朗起来，我问母亲我们还需要在路上走多久，她懒洋洋地用手指了指在视线中依稀可辨的一带远山，没有搭腔。

麦　村

母亲说，在我们刚刚来到麦村的那些日子里，她一连几天都梦见了水。那些湿漉漉的水草像蛇一样紧紧地缠绕着她的身体，使她喘不过气来。“我一闻到墙上石灰水的味道就会做噩梦。”她说。那时，我们搬进枣梨园还不到一个月。粉墙上新刷的石灰还没有晾干，院子里整日飘荡着一股酸涩的气息。这座宅院是在祖父的手里修建的，位于村子的西南角。由于多年来闲置不用，园内到处杂草丛生，泥墙斑驳。在那段寂静的日子里，我日复一日坐在阁楼的窗前，听母亲给我讲述她做过的每一个梦。这些古怪的梦经过我不安的睡眠的滋养和复制，构成了我来到麦村以后第一个深刻的记忆。当时，我并不知道，母亲肆意编造的梦境仅仅是出于一种变相的抱怨，一种对往昔的时日的刻骨的留恋。和大多数迁徙中的妇女一样，她认为失去的岁月才是她唯一珍贵的财富。我想起我们住进枣梨园的第一个晚上,临睡前当我问她我们是否第二天还要继续赶路的时候,母亲立刻用一种讥讽的目光瞥了父亲一眼。“我们不走了,”她说,“我们就像一棵树一样要种在这里,在这里生根,发芽,并且烂在这里。”母亲对这里的一切是那么的不适应:阴雨连绵的天气、空气中飘动的花粉的气息、院里薄荷丛中开出的一丛丛淡蓝的小花。她的这种颓丧的情绪立即便感染了我。

天气在转眼之间就变冷了。当树木的叶子被秋风吹黄的时候,地里的棉花也已经长熟。这天中午,母亲正在给床铺换上新刈的稻草,一个戴孝的女人来到了院中。她拨开腰门的小栅栏,小心翼翼地走了进来,她像麻雀一样惊恐地朝四周张望,好像在寻找她所熟悉的一个什么人。随后,她走到了那道竹篱的边上,兀自站立在那儿,显得犹豫不决。开始的时候,母亲没有看到她。太阳暖洋洋的,使人昏昏欲睡。

“这里的气候太潮了,”母亲对我说,“这些发霉的稻草里都长出了虫子,到了晚上,它们就会顺着床沿爬到你的脸上来。”我看见了那些肥胖的土鳖和深棕色的硬壳虫,它们在被压扁的稻草秆上爬来爬去。我又一次将目光投向窗外,由于距离太远,我无法看清楼下那个女人的脸,但是,我似乎感觉到,这个年轻的女人身上有一种奇怪的东西牢牢地吸引住了我的视线。“你在看什么?”母亲问了一句,随后站了起来。

“那个女人是不是找错了地方?”她自言自语地说,并看了我一眼。

现在,那个女人是背对着我们。我看见她的额上缠着一条白色的带子,它一直箍到脑后,系住了那条长长的辫子。她的手里托着一个包袱,沿着篱笆的边缘朝前走了几步,又突然停了下来,依旧是一副不知所措的样子。院子里空空荡荡,房檐的阴影已经将井台遮住了。井台边的一棵榆树在风中摇曳着枝条,抖落下一些金黄的叶片。

“她一定是走错了门,”母亲说,“在村里我怎么从来没见过这个人?”她手里抓着一把稻草,嘴巴张得很大。这时,我们看见父亲从廊下突然闪了出来,他径直走到离那个女人不到两步远的地方才停下来。然后,他们开始说话。他们说话的声音非常低,那个女人一边说着什么,一边抬起袖子抹眼泪。他们所说的话,好像母亲每一句都能听得真切,我看见她不住地朝喉咙里咽着唾沫,身体开始颤抖起来。

父亲又朝前走了一步。我开始为他感到一种莫名其妙的担心。父亲装着若无其事的样子朝四下里张望了一下,然后拽了拽她的袖子。

“这个不要脸的东西!”母亲低声地骂了一句,看得出,她正在竭力地控制住自己。

这时,那个女人已经停止了哭泣,在接下来很长的一段时间里，他们俩谁都没有说话，在他们的静默之中，母亲的耐心一下子消失了，她转过身来，由于震怒，她的脸颊有些变形。“把你的弹弓给我，”母亲的泪水开始在脸上痛快地流淌起来，“我要把那个婊子的眼睛打瞎。”我浑身胡乱地摸索了一阵。“我把它扔在灶间的桌子上了，”我说，“要不要我去将它拿来？”母亲没有再搭理我，她伏在窗前，独自抽泣起来。她的悲伤的哭泣使我马上受到了传染，我的泪水不由自主地夺眶而出。

过了一会儿，父亲和那个女人已经准备离开了，他们一前一后地朝前走了几步，女人的鞋襻像是松开了，她蹲下身体系鞋的时候，父亲又一次抬头朝这边张望。他当时的那种神不守舍的神情给我留下了深刻的印象。很多年以后，当我在一天深夜凭着年轻人的大胆和鲁莽，悄悄拨开这个女人的房门，走到她熟睡的床前，被一阵阵内心的狂跳弄得不知所措的时候，父亲的形象再一次在淡淡的月光下呈现出来。但这个形象从此改变了内容，它带给我一种难言的忧郁、激动、嫉恨以及永远不灭的耻辱。

当天晚上，尽管母亲用她流不尽的泪水哀求了整整一夜，父亲还是执意要将那个女人留下来。她是前村马桶匠的女儿，名叫小扣，这年刚满十七岁。那天天快亮的时候，他们的争执也没有平息下来。最后，我听见父亲声嘶力竭地喊了一句:“她的父亲刚死,你总不会忍心让她到镇子里去做妓女吧?再说,我们家里也确实需要一个用人。”“做妓女有什么不好?”母亲说,“等你死了以后,我就去当妓女。”

父亲默默地转动着桌上的一只茶杯,半晌没有说话。

我失去了父亲

这年冬天，天空连着下了好几场大雪。雪花把房屋覆盖起来，一直埋到了窗户底下，最后将门都封住了。

我的卧室在枣梨园的后院，阁楼的窗户正好对着桔麓山的山脊。白天的时候，我能够从窗缝中看到桔麓山顶堆着的皑皑白雪，以及断裂的山崖上裸露出来的棕红色的山石。到了晚上，蓝幽幽的雪光就会渗到屋子里面来。这天深夜，雪还在下着，我被人叫醒了。小扣走进房门给我穿衣服的时候，我还没有完全醒过来。她背着我走到屋外，我意识到家里也许出了一件什么事，不过，我没有显出过分的惊慌。天气格外地寒冷。雪片一落到地上，马上就被冻住了似的，脚踩上去，发出一阵阵咔嚓咔嚓的响声。

我们没有沿着回廊朝前院走，而是抄了一条竹林里的近路。小扣显得非常慌乱，她不住地喘息着，竹枝上的积雪劈头盖脸地打在我们的身上，小扣走得太快，所以我们不得不时常停下来歇息一两次。

我看见了父亲书房的灯光。飞舞的雪花将它包裹着，我还听到了那边传来的可怕的呕吐的声音和一声接着一声的喊叫，那一定是父亲在叫，像是要把整个村庄里的人都弄醒。

父亲蹲在一只陶制的缸盆前，突出的眼珠像蜗牛一样睁得溜圆。他双手按着肚子朝缸盆里大口大口地吐着血。九斤和尚——我们家新来的仆人，不时地将一团团草木灰朝他的嘴里塞。那些草木灰刚刚塞进去，父亲就将它吐了出来，带着黑黑的血喷到对面的墙上。我看到让烟炭熏黑的墙边、炉膛的箱壁上，鲜血已经凝结住了。

"杂种，"父亲吼了一句，将九斤和尚递过来的手挡开，"你想把我噎死吗？"

父亲看上去威风凛凛的，浑身都是劲儿，一点也不像生了病的样子。看到我进来，父亲突然抬起头，怔怔地瞪着我，好像在回忆一件过去的什么事，又像是一时还没有认出我来似的，我看见他笑了一下，示意我过去。我本能地往后退了几步，心怦怦直跳。我没有朝他走过去，而是小心翼翼地绕开他，朝母亲走去。满地都是血迹，我再小心，也没法不让它弄脏我的鞋子。

母亲静静地站在一边，手指不停地抚弄着桌上的一根砚墨。父亲又吐了一口血。他大声地叫喊着什么人的名字，喉管里发出一连串流水般呼噜呼噜的声音。不一会儿，他的身体渐渐软下来，靠在了那只没有生火的炉子上。

九斤和尚神色慌张地瞥了母亲一眼："他已经开始说胡话了，太太，老爷眼看快要不行了。"

母亲紧抿着双唇，转过身来看着父亲："忍着点吧，人人都有这么一天，别把孩子给吓着了。"

父亲的眼泪滚滚而出，他缓缓地抬起头，朝我们摆了摆手，示意母亲将我领开。

父亲第一次流泪的情景在我的记忆中留下了深刻的印象。在那一刻，我似乎感觉到他有些什么话要对我说，但一时仿佛又拿不定主意。我看见他的腰像弓一样高高耸起，然后"嘭"的一声摔在地上。

窗外的雪下得更大了。北风鼓荡着窗纸，噗噗直响。一绺绺雪从门缝中挤进来，闪动着晶莹的光亮。我紧紧地揪住母亲的衣襟，又一次避开了父亲投过来的虚弱的目光。我当时是那样害怕他悲怜的目光，我不知不觉地扭过头去，装作没有看见。

等到天色微明，母亲领着我离开书房的时候，我依然能够听到父亲渐渐沙哑的叫喊声。他在叫什么？我问母亲。他在叫妈妈。是在叫你吗？母亲说：不，他是在叫他自己的妈妈，不是在叫我。我说他现在大概害怕了吧？母亲说：他害怕。我想了想，又说，我们为什么要让他一个人留在书房里？因为……母亲犹豫了一下，我们在那儿也没有什么用处。他会死吗？

“会的。”母亲果断地说道。

这个时候，我们已经走到了蚕房的边上。我又闻到了隔年的桑叶和蚕粪的气息，我们在那处背风的山墙边站了很久。母亲一言不发，像是在盘算着一件什么事。过了一会儿，母亲拉起我的手，朝父亲的书房踅回去，这时，我们已经听不到那边的一丝声音。母亲一边加快了步子，一边说出了一句令人费解的话：“没准这样更好。”

父亲是在第二天午后死去的。等到天晴的日子，我们将他埋在了桔麓山南坡的一块麦田里。

在枣梨园，有一种植物叫作荨麻，它有着山雀花一样的香味，像松针一样苍翠，可是它细细的针刺在人的皮肤上留下的伤痕要过很久才会显现出来。对母亲来说，父亲的死给她带来的伤痛一直在她的静穆的脸上深藏着，很多年以后，它才清晰地表露出来。

一个夏日的早晨，母亲将我叫到堂前，让我背一段《幼学琼林》给她听。我背了不一会儿就哽住了。“张丽华……”母亲打了个哈欠，“接着往下背。”我说张丽华发光可鉴。“吴绛仙呢?”母亲又提了我一句。我说吴绛仙秀色可餐。“我问你,”母亲说,“张丽华是谁?”我摇了摇头。“秀色可餐是什么意思?”我再一次摇了摇头。母亲立即勃然大怒:“那个徐复观就是这么给你上课的吗?”

徐复观是我的私塾先生,也是麦村一带有名的中医。他身材魁梧,满脸胡须,一身斯文的长袍使他的模样看上去有几分滑稽。他开办的私塾学堂在运河的南岸,一条年久失修的木桥将它与麦村连在一起。在天气晴朗的日子里,我站在枣梨园的前院,就能看见学堂雪白的石灰墙,在河面上停泊着的一艘艘装满棉花的船只。父亲死后,我就很少去那儿上课了。这年夏天,徐复观先生常常在傍晚时分捏着一把纸扇,一摇一摆地来枣梨园喝茶。夜深人静的晚上,我偶尔能够听到他和母亲在楼下的树荫下有一搭没一搭地说话。时间久了,徐复观就成了我们家的常客。

在第二年桑叶繁盛、蚕虫吐丝结茧的时节,枣梨园发生了一件事。我在一生中从未向人提及这件事,即便是在回想之中,也常常伴随着耻辱的印象使我惊悸不安。这类事情的性质在我当时的年龄是难以理解的,但是它一览无余的真实却使它在日后的岁月中成了我翩翩幻觉的一个部分。

那年春天,蚕房的灯整夜整夜地亮着。它在夜色中显得模糊而潮湿,常常使我从梦中醒过来。这天晚上,我又一次被那种莫名其妙的念头搅得一夜没有睡着。在晚上天最黑的那段时间,我悄悄地溜下了床,赤着脚往外走。我轻轻地拉开了房门,它发出的奇怪的叫声吓了我一跳。我轻手轻脚地走下楼梯,来到院中。草丛中蛤蟆呱呱地叫着,我顺着两道墙壁中的一条狭窄的甬道,神思恍惚地来到了蚕房外的围栏边上,来到了梨花芳香的深处。蚕房的门前灰蒙蒙的,刚刚做好的几条草龙堆在篱笆的旁边,门前的一棵树上吊着一盏蛾灯。我看见成群的小虫子在它的四周翩然飞旋。蚕虫咬噬桑叶的声音连成了一片。接着,我看到对面的墙上有一团黑影闪了一下,我转过身来,看见母亲正拎着一铅桶水朝这边走过来,她的身体微微倾斜着,铅桶的挂钩发着一声声单调刺耳的声响。我想,母亲一定在很远的地方就发现了我。由于她加快了步伐,桶里的水不断地泼了出来。

母亲走到我身边,把铅桶放下,将一只手搭在我的肩上。

"你在看什么?"她说。

"我要拉屎。"我赶紧回答她。

"昨天晚上你是不是来过这里?"母亲显得有些微微气喘。我的迟疑不决使她立刻知道了答案。她的敏感和警觉促使她换了一种问法:"昨天晚上打雷的时候你是不是感到害怕?"

"昨天晚上下了一会儿雨,没有打雷。"我纠正道。

"这么说你是来过的。"母亲肯定地说,"那么你都看到了什么?”

“没有。”

“说实话。”

“没看到什么。”

“别说谎,告诉妈妈,你看到了什么?”母亲紧紧地搂着我,几乎使我喘不过气来。

“我看见了父亲。”我说。

母亲放开了我。

我的确看见了父亲。他穿着一件金黄色的衣裳,站在一棵枣树下,满脸都是雨水。我朝他走过去,他突然冲着我笑了一下,然后就在树丛里消失了。

母亲朝那株黑黢黢的枣树瞥了一眼,再一次搂紧了我,她滚烫的泪水流过我的脖颈,弄湿了她胸前的衣衫。

我看到了昨晚的那场滂沱大雨,看见了徐复观先生,他和母亲在蚕房里扭打在一起,我看到母亲赤裸的背上粘满了蚕粪。在一声接着一声的呻吟中,我听到母亲在叫:够了,够了。

“够了,够了。”母亲吼道。

我还看到了一个无法说明的秘密。它是一棵枣树,阳光灿烂的中午,母亲在树下晾晒着衣服;有时,它是倒映在水杯中的一轮弯月,我的母亲长久地注视着它,默默无言,在无声无息的夜色中守候着黎明的到来。

小　扣

现在，雨又开始下了起来。原先，它小得几乎让人觉察不出来。阳光从大片吐青的早稻田上退走，天空变得阴沉而灰暗，然后，树木的枝丫和叶子上，房舍的屋顶上响起了一片沙沙声，接着，低沉的雷声就在滞重的空气里炸响了。

我已经老了。就像一棵正在枯死的树木一样，在静寂的时间里残喘。我在想，谁都有过青春欢畅的时辰，有过令人艳羡的美妙岁月，而现在，生活已经将我远远地撇开——它独自往前走了。它给我留下的是一段残缺不全的记忆：一株过去的树木，一叶枯萎的花瓣，棉花地里的阴影，以及茶水房的壁炉中散发出来的灰烬的气息。我在这个村里度过了一生之中的大部分时光，如今，我对这里的一切又重新感到了陌生。

我害怕看见任何人，就像得了红眼病的人怕见阳光一样。村里的新一代的年轻人用好奇、厌烦的神情打量我，好像他们对于我活到八十来岁早就感到不耐烦了。特别是村里突然被电触死了一个二十来岁的小伙子时,情况更是如此,尽管我在内心使自己坚信他的猝死和我没有丝毫的关系,可是我依然觉得不自在,仿佛我将他本可以延续的生命偷偷地划到了我自己的名下。

在村子里,我整天战战兢兢,白天不敢出门。有时候我不得不去村里的代销店买一包卷烟,或者去买一刀草纸,我总是趁着夜幕,抄最荒僻的小径悄悄地溜过去。不过,我知道,最难办的事还在后面等着我,因为代销店的老板宋癞子让我害怕。他在当村里革命委员会主任的那段时间里,曾经将一口痰吐在猪圈的墙壁上,然后叫我用舌头舔干净。这还不是最可怕的。让我在烈日炎炎的中午在一对倒扣的瓷碗上跪到天黑,让我将生产队里丢失的一头羊找回来(那头羊早就被他们炖熟了吃了),或者让我跟母鸡的屁股亲嘴(我在干这件事的时候,村里的那些姑娘、媳妇都围着我看,她们你拧我一把,我拧你一把,腰都笑弯了),这些都没什么。在那个年月,任何一个小孩都有权在我身后冷不防大吼一声:反革命分子某某某,你老不老实?!我便立刻点头哈腰地回答:老实,老实。如今时过境迁,我早就自动地原谅了一切人对我的戏弄,因为,说实在的,我还真有些想念那段时光,我对自己说,我是一株恶毒的花草,只有在粪便之中方能长势良好。

现在是早上九点钟,雨还在下着,村子似乎被雨水浇得漂了起来。我听见了哗啦哗啦淌水的声音,我知道,有一个人正在朝我的房子走过来。

接着,院门被推开了,门窝转动着,传来吱吱嘎嘎的响声。我坐在马桶上,一连几个钟头拉不出屎来,我听见熟悉的脚步声上了楼,也许是楼道里太暗了,一把扫帚被撞倒了。

“你怎么又坐在马桶上啦?”她已经走了进来,将那把湿淋淋的雨伞靠在墙上。

“我拉不出屎。”我说。

她咻咻地笑了起来。她今天穿了一条红裤子,裤管卷得很高,白皙的小腿上黏附着一些稻草和干瘪的谷壳。

她是小扣的曾孙,名叫小琴,尽管现在已经十四五岁了,可是仍然在运河对岸的小学里读四年级。当我在几年前在村中被划入受供养的行列之后,她就成了来照料我的最合适的人选。在我看来,她智力上的愚钝并没有掩盖住她正日益成熟的肌体的动人之处,相反,这种不协调助长了她迷人的外表。她有着一张百看不厌的脸,一张微微上翘的嘴。即便她不在的时候,她的身影也时常在我眼前晃来晃去,犹如残留在腮边的一道点心的香味,带给我一些不着边际的遐想。每天早上,她在去上学的路上,总是顺路给我捎点吃的东西,碰到星期天或者学校放假的日子,她也会到我这里来做功课,不过，这样的时候很少。

“昨天晚上我们又去打鸟了，”小琴兴致勃勃地对我说，“我们悄悄地溜进竹林，用枪顶住它们的屁股……”她像往常一样没完没了地数落着，她是那样急切地希望我了解这件事的整个过程，喋喋不休地给我讲述他们击落的每一个猎物，讲述凌晨时突然遇到的暴雨，根本没有在意我是否在听。

我注意到，今天早上她没有带书包。也许是学校已经放暑假了。也许是雨下得太大，河水漫过了桥面，学校被迫停了课。

小琴离开的时候，外面的雨下得更大了。我看见她一只手擎着那把油纸伞，一只手揪住裤子，沿着楼梯，走到了院中。

她走到大门的边上停了下来。好像想起了一件事。她转过身来，张大了嘴巴冲着我喊了一句什么，我没有听清。等到一阵响雷过去之后，她捋了一下额前湿淋淋的头发，又朝我喊了一声：

“我刚才忘了告诉你一件事——我的祖奶奶今天早上死了。”

阴　影

我们通常以为，一个人死了，随着他的尸体被埋入泥土，一切便都灰飞烟灭，不复存在。但是，在很多情形之下，事情并非如此。刚才，我在小琴的叫喊声中获悉了小扣的死讯，可我并没有立即意识到她已经离开了尘世，离开了眼下雨水涟涟的麦村。在我的感觉中，她犹如一朵鲜艳的花朵，依旧开放在年代久远的过去。我注视着小琴的身影在飒飒的风雨中渐渐走远，眼前又一次呈现出那个阳光普照的秋日：小扣拎着一只蓝布包裹，在枣梨园的篱边逡巡不前……

在父亲死后的最初几年，在阒寂的空气中，我能够时常觉察到他的存在。枣梨园的一草一木总是不断地复现出他不很真切的笑容。有时，他的面容会突然出现在我的梦中。向前流动的岁月之河并没有遮抹他的身影，在我童年时稚拙而脆弱的想象之中，他好像生活在时间之外的某一个地方。

父亲死后的第二年夏天，麦村发生了一件古怪的事，这件事在现在看来似乎不值一提，但它直接导致了后来我从麦村的出走，从而在冥冥之中，改变了我的命运。

在靠近运河木桥的岸边，住着一户姓宋的人家。那年春天，听说宋家的大小姐让鬼魂给缠住了，宋家就从外地请来了几个术士和巫婆，在临河的树林里用白幔搭了一个帐篷来驱鬼。这种漫长的仪式持续了两个多月，原先盛极一时的宋家就是从那时开始慢慢败落的。

母亲第一次带我去河边看术士做法事的那个中午，安卧在围幔之中的宋小姐还能和母亲说话。她脸色阴郁而苍白，额上缠着一条黑色的布带，笑起来如同纸灰一样弱不禁风。几个术士无精打采地敲着木鱼和竹板，嘴里哼哼唧唧地唱着玄奥的灵歌。

在母亲和村中另外几个妇女的要求之下，宋家破例让一个术士走进帐篷，给我们完整地演示了一遍那种奇特的仪式：他在帐篷内点燃了一堆枯干的薄荷，然后骑在那个女人的身上，用手挤压她的胸脯和腹部……好像是在将她体内的游魂驱赶出来。看得出，宋家大小姐感到非常舒服。

这种仪式似乎保留了民间古老巫术最精彩的部分。尽管它看上去完全是一种蓄意表演，可在当时，我一旦身临其境，还是不禁感到有些害怕。

在返回枣梨园的路上，我问母亲鬼魂是一种什么东西，她说，她也不很清楚。据说鬼魂总是附着在每一个人的身上，如果身上的阴气太重，它就会在夜深人静的晚上从身上逃出来，在你的耳边悄悄说话。

母亲的话像秤砣一样压在我的心上。我告诉她，我常常在月明星稀的晚上看见父亲悄无声息地走进我的房间……

母亲的脸刹那间变得煞白，随后，我看见泪水溢出了她的眼眶。

“你的父亲死了，”母亲若有所思地说，“你慢慢就会忘了他。”

宋家大小姐是在这年秋天去世的。尸体装殓的时候，她父亲让村里的老人目睹了入殓的整个过程，听说未出阁的女人死后都要经历这样一个程式，它无非是想告诉人们：死人的棺椁之中并无金银和财宝。这样，窃贼就用不着趁着夜幕将她的坟冢撬开了。但是，宋家小姐入葬后的第三天，她的坟墓还是被人挖开了。盗的人也许并不是贪图金银财宝，而是另有自己的目的。她光溜溜的躯体在一天凌晨被一个樵夫发现后，宋家再一次将她埋入坟冢，并在坟边搭了一个草棚，让一个不到十岁的小孩日夜看守。

我就是在那时认识了宋癞子。白天的时候，我时常看见他的身影站在他姐姐的坟边，皑皑的白云在他身后的山峦上空堆积得很厚。

这件事随着秋天的一场暴雨很快就过去了，但桔麓山上白云如絮的景象却在我的心头沉积下来，久而久之，它便成了我记忆中某种恐惧的征象。

在一个月光皎洁的夜晚，我孤身一人躺在枣梨园阴森森的阁楼上，在不安的睡梦中想入非非。半夜的时候，我好像听到有人在楼下呼唤我的名字。那是一个女人的声音，它听上去显得飘忽不定，伴着屋檐下萧萧的风声。

我悄悄地下了楼，来到了院中。凉爽的夜风从树林中吹拂过来，带着酸枣成熟的气息。我沿着园中一条杂草丛生的小路朝前院走去，我看见一间堆放杂物的仓房里亮着灯。我想起这间晦暗的仓房很久没有住过人了。

我走到仓房的门前，听到风将窗户吹得咣咣直响。我轻轻地推开了门。我看见父亲正坐在桌边修理一只挂钟。这只挂钟自从它被挂在墙上的那天起，就从来没有走准过。

父亲身穿一件金黄色的衣裳，发出油灯一般幽幽的光亮。他的身上湿漉漉的，一绺头发耷拉在额前，就和我那天在蚕房外的树丛中看到的一模一样。他的四周堆满了破败不堪的物件，一架老式纺车上覆盖着密密的蜘蛛网。窗外的风吹进来，纺车就兀自转动，发出吱吱嘎嘎的响声。

父亲的身影显得寒碜而可怜。他久久地看着我，脸上一度呈现出一派灰蒙蒙的笑容,随后又倏忽消失。

“你为什么还不走?”父亲说。

“到哪里去?”我赶紧问他。

“这个地方已经不能待了。”他说。

我不知道父亲的身影是什么时候离开的。第二天清晨,当我在那架纺车边醒来,我看见母亲和小扣正在温暖的阳光中默默地看着我。

“他也许是被什么东西吓着了,”母亲对小扣说,“他怎么想起来跑到这儿来睡觉?”

徐复观

这个神秘的夜晚是我童年记忆中的一个部分。在那个多雨的秋天，我日复一日地躺在枣梨北楼的卧室里，听着屋外的雨水在枯烂的树叶上发出的淅淅沥沥的声音，怎么也无法入睡。窗外的世界浩瀚而不可理解，它奥妙无穷，令人战栗。直到现在，我依旧无法弄清，我幼年根深蒂固的恐惧究竟来源于何处。

我的身上慢慢地发生了一种变化，按照郎中的说法，它是水土不服和热病的混合物，而母亲则认为它是由惊吓引起的。早在几年之前，母亲就和我分开睡了。在我生病的这段日子里，她不得不时常到北楼来陪我。

“真不该到这个该死的地方来。”熄灯以后，母亲常常这样对我说。随后，她总是很快就进入了梦乡，让我独自一人来对付眼前漫无边际的夜晚。我记得一个又一个这样的深夜，我偷偷地将手放在她的脸上，用指甲磨蹭她的脖子，希望她会突然醒过来……

我害怕在村中看见宋癞子。我虽然平常和他几乎素不相识，但我一旦看到他，眼前便会立即呈现出桔麓山下的坟冢边飘浮着的一朵朵郁悒的云团，我看见一个术士跨在那个病弱的女人身上，随着他的手在女人的胸前不断挤压，她便会发出一连串低声的呻吟。接着，我就看见了父亲的形象，他坐在一架老式纺车的边上修理闹钟，不经意地抬头冲我莞尔一笑……

在那段倒霉的日子里，我越是怕见到宋癞子，我们在村中相遇的机会越是频繁。我对他的恐惧很快就演变成一种仇恨。当时，我并没有想到，这种仇恨在以后的日子里会越演越烈，几乎贯穿了我整整一生。

我的病一直持续到第二年春天。我常常在半夜三更的时候不知不觉地从床上爬起来，独自一人悄悄溜出枣梨园，在寂静的旷野上四处游荡。有好几次，母亲和小扣在天快亮的时候才在村外的一块棉花地或者一簇梨树丛中找到我。

我的梦游症终于使母亲慌了神，她开始卜神问佛，四处为我求医。最后，她不得不再一次将徐复观先生请到了家中。

我已经有好长时间没有见到徐复观先生了。有一年，他一连托了好几个媒人来到枣梨园提婚，最终都被母亲回绝了。

据说，母亲为这事也曾犹豫过，但不知出于什么原因，到后来又突然改变了主意。从那以后，徐复观很少到枣梨园来。平常我和母亲在路上遇见他，彼此也没有什么话说。

这年四月的一天，母亲托人带信给他，请他来枣梨园喝茶。这一邀请被徐复观误以为是母亲心回意转的信号，为此，他兴奋不已，整整一夜没有睡着觉。后来，徐复观诊所的一个伙计告诉我，他的师傅天不亮就从床上爬了起来，穿戴整齐以后，便哼起了小调。他从来没有见师傅这么高兴过。第二天一大早，当徐复观穿着笔挺，拎着两只漆盒来到枣梨园的客厅时，我和母亲都吃了一惊。母亲向他说明了缘由，徐复观脸上的笑容一下子就消失了。他像一个受了委屈的孩子似的僵立在客厅里，半天说不出话来。

后来，徐复观装腔作势地询问了两句我的病情，就借故走开了。在临走之前，他嘱咐母亲，让我第二天下午到他的诊所去一次。

这天下午，我去了徐复观先生在运河对岸的诊所。尽管我坚持要一个人去，可母亲认为我一定会在过桥的时候摔到河里，就让小扣跟我一起去。

徐复观坐在桌边，满脸不高兴的样子，他反反复复地用一团棉球擦着手指，好像已经等得不耐烦了。

他斜着眼白了我们一下，慢条斯理地对小扣说：“你们家主人怎么没来啊?”小扣说:“她身体有些不舒服。”徐复观嘿嘿地冷笑了几声,不怀好意地盯着小扣看了一阵,改换了一个话题。“你知道你们家主人为什么不肯嫁给我吗?”小扣一时间好像慌了神,她由于不知道怎样回答,也就没有吱声。“都是因为你这个白痴。”徐复观指着我说道。我闻到了他身上的一股浓烈的酒味。过了一会儿,徐复观又自言自语地说:“要不然,就是嫌我的鸡巴太小。”

小扣满脸通红。我看见她背过身去,将脸朝向窗外。窗户外阳光炽烈,一只船在河道上缓缓行驶,船帆鼓满了风。

不一会儿,那个伙计端着一罐煮好的药从里屋走了进来。他满脸疑惑地朝他的师傅看了一眼,说道:“师傅,这是什么药?怎么有一股怪味?”徐复观没有搭理他,而是朝我摆摆手,示意我将它喝下去。我端起药罐喝了一口,随即就将它放下了。

“苦不苦?”小扣问。

我摇了摇头。

徐复观很不高兴地咳嗽了一下,将碗钵端起来又一次递给我:“喝,全都喝下去。”我坐着没动。

“按住他的头。”徐复观对小扣说。小扣犹豫了一下,最后照办了。徐复观吩咐伙计将我的牙齿掰开,将那罐药一股脑儿地灌了下去。我在椅子上挣扎着,我听见椅腿咯吱咯吱地响着，一部分药汁从鼻孔里蹿了出来，我的一只手紧紧地揪住小扣的裤子，将她的腿弯都抓破了。

几个月之后，我和母亲在村中的磨坊边又一次碰到了徐复观。当时，他正在和村西的花儿，一个养蜂的女人在说话。在谈笑中，花儿的脸上不时泛起一阵潮红。

我和母亲来到他们跟前，母亲对徐复观先生说，自从我吃了他的那剂药后，回来大吐了几场，病就好了。

“你给他开的是什么药?”母亲问。

徐复观愣了一下，他看了看花儿，又看了看母亲，压低了声音说道：

“大粪。”

花　儿

花儿从外地嫁到麦村来的时候，是我们迁居到这里的第二年。也许她和我们一样都是外地人，对这里的一切都感到陌生，所以有一阵子，她和母亲显得特别的亲热。到了后来，由于一些女人之间无法说清的什么事情，她们又渐渐地疏远了。

她的家住在村南裁缝店的隔壁，土墙围成的院子里栽种着一些桃树和杏树，树底下摆满了大大小小的蜂箱，听人说，这些蜂箱是她从娘家带过来的嫁妆。春天的时候，我们常常到她的院子里去看桃花。她成天笑呵呵的，一副无忧无虑的样子，好像什么事都不会使她不高兴。

这年初春，我们突然听说她在野外的一棵树上吊死了。我和母亲就赶到村外很远的地方去看。

这件事真让人感到不可思议，她的死没有任何预兆，事后，人们想起她来，每次都要议论一番，可最后也没议论出个什么原因来。那天中午，花儿像往常一样到外面去割草。经过枣梨园的时候，我还看见她和母亲说了几句话，脸上还是笑盈盈的样子。在一块水塘边钓鱼的一个老头说，整整一个中午，他一直看见她伏在一块黄豆地里割草，然后，她来到了河边，她在河里将满满一篮青草洗干净，接着捧起水洗了洗脸，还喝了几大口。当他看到花儿将一串绳子挂在一棵刺槐树的树丫上时，他开始感到情况有些不妙。

他丢下钓竿，跳进刚刚解冻的河水中，蹚着水朝对岸游了过去，他一边往前游，一边冲着花儿大叫，但一切都太晚了。

那块光秃秃的河边沙地上，原先矗立着一座庙宇。早已坍塌的瓦砾之中零星地长着一些野花。我和母亲赶到那里的时候，人们正设法将花儿从那棵刺槐树上放下来。她穿着一件出嫁时穿过的红棉袄，一条黑色的肥裤，一双新布鞋。风吹动着树木，那条绳子在树丫上轻轻地荡来荡去。

树下搁着一只破旧的竹篮，一把镰刀，篮子里装满了青草。她用来上吊的绳子就是从这个竹篮的编绳上割下来的。“她好像突然有了想死的念头，”钓鱼的老头说，“我看见她绕到一段断墙的后面，还以为她要小解，就没有再朝她看，谁知道她会寻死呢？”老头像是被这件事吓坏了，他哆哆嗦嗦地打着寒战，向每一个新来的观望者重复着这段话。

河水散发着凉飕飕的水汽,阳光懒洋洋地依附在河道的水线上。河流对岸簇拥着大片的油菜花,几个农妇拨开花丛朝这儿走过来。在更远一些的地方,一个棉农孤零零地站在棉花地里,朝这儿张望。

黄昏时分,我看见村里的人们搬来了搭灵棚用的毛竹和门板,另一些女人正在给花儿换衣服。按照枣梨老人的说法,死在屋外的人必须就地埋葬,因为"那是他(她)们冥冥之中的灵魂自己选中的地方"。所以,直到现在,枣梨一带的河流和水塘中央依然还矗立着一座座坟冢,那是溺水而死的人遗留下来的古老的印记。关于这种风俗,在父亲死后不久,我就明白了。那年深秋的一天,我正在园外的屋檐下掏鸟蛋,突然听到一阵尖厉的哭叫从家中传了出来,不一会儿,我就看见小扣赤着脚,披头散发地从院里跑了出来,胸前衬衣里面的乳房狂乱地跳着。母亲在她身后紧紧地追赶着,她一边朝前跑,一边向我挥手。

"拦住她!"母亲叫道。

小扣飞快地朝村头的一口水井奔去。"别跳,别跳井!"母亲大声地喘息着,脸上挂满了惊惧的泪水。小扣跑到井边就站住了,她只是朝井口看了一眼,没有往下跳。这时,惊魂未定的母亲终于停下来,擦了擦脸上的汗水:"跳啊,你怎么不跳了?有种就跳下去。"后来,当我问小扣那天为什么不跳井时,她笑了一下:“我要是跳进去,村里人就别想喝水了。”

天渐渐黑了下来,我和母亲往村里走。我们各自想着自己的心事,谁都没有说话。花儿的死是无声无息的,仿佛她担心惊扰任何人。它明净,忧郁,使人捉摸不透。我的眼前又一次浮现出那条挂在树上的绳子,浮现出她那件红色的棉袄。当我想到河边新堆的坟冢将在来年的春天被青草覆盖,坟边开出一簇簇可怜的黄色小花;当我想到夏天萤火虫在草丛中飞来飞去,随后十一月的雨水将她的坟冢打湿,我突然感觉到一种经久不散的忧伤,生命是可以随处抛掷的,它细若游丝,了无意趣。

我结了婚

我对婚姻的厌恶主要有以下两个缘由：第一，从外地嫁过来的新娘由于婚前无法见面，婚姻成了一场叫人提心吊胆的赌博；第二，我当时已经悄悄地做好了逃离枣梨的一切准备，我做梦都想离开这个荒僻的山村，在这个时候结婚，无疑会改变我的决心。但是，我的反抗不仅没有使母亲妥协，相反，它促使母亲加快了联姻的步伐。母亲就是这样一个人，你只能顺从她，任何对她的拂逆和抗拒只会导致她变本加厉的报复，父亲和她生活了一世，可惜，对于这一点明白得太晚。

当新娘的轿子顺着桔麓山下的一条小路朝村里走来的时候，我依照母亲的吩咐在大门口迎候。可是不知从什么时候开始，我突然有了一种强烈的想拉屎的欲望，我忍无可忍，只好朝村头的一簇小树林里奔去，可是来到树林之后却怎么也拉不出屎来。九斤和尚每隔一会儿就到树林里来看我一次：

“快，轿子已经到了村头了。”这时，我听见鞭炮在空气中炸响了，硫黄和纸捻的气味一股股地朝树林里飘过来。九斤和尚在树林边急得直跺脚，可是我一点也不着急，我故意慢慢吞吞，把它作为对母亲的最后一次徒劳的抗拒。

我跟着九斤和尚走进院门的时候，那顶红轿已经在院中停稳了。我看见轿顶上积了薄薄的一层霜。新娘正由几个陌生的女人搀扶着从轿子里走下来。她的旗袍让轿子上的一个竹钩挂住了，露出了里面深红色的绒裤。在手忙脚乱之中，她头上顶着的一块红布也掉在了地上。她的脸一路上让风吹得红扑扑的，眼中流露出既欢乐又悲伤的神情，怯生生地打量着四周的人群，我不知道是她可怜无依的神色使我对她有了一种似曾相识的感觉，还是相反。但是它一下子就感动了我。我的呼吸变得急促起来，当我想到这个高大而陌生的女人将要与我朝夕相处，一种奇妙的感觉立即爬遍了我的全身。我的内心甚至产生了某种庆幸的念头，我似乎感到为了这桩婚事和母亲足足顶撞了一个月看来毫无必要。

九斤和尚拉着我的手，将我拽到新娘的边上。她在冷风中瑟瑟打抖，并飞快地瞥了我一眼。从她的娘家跟来的媒婆愣愣地打量了我一下，一把就将我推开来。所有的人都没有注意到我的困窘，他们簇拥着新娘朝院子的中门走去，将我撇在了一边。

我和九斤和尚面面相觑，站在院中不知所措，他替我拨弄掉头发上散落的草屑和蛛网，随后终于想出了一句话来安慰我：“不要着急，天总会黑下来的。”

新娘来自几十里之外的大泽乡，名叫杜鹃，来到枣梨之前的大部分时光，她是在一条船上度过的。长年的水上生活使她的皮肤变得黑黪黪的，她平常总是紧抿着双唇，很少跟人说话，可是当她笑起来的时候，嘴唇就会微微上翘，露出一排洁白的牙齿。

后来，杜鹃告诉我，婚礼的当天，当她从轿子上下来时，尽管那么多的陌生人让她眼花缭乱，可她还是一眼就将我认了出来。“我早就在船上梦到过你了。”她说。当那天中午，她们在客厅坐着喝茶的时候，媒婆拉了拉她的衣角，悄悄地问她：“刚才你看到新郎了吗？”“我看到了。”杜鹃回答。“我看那个秃顶的半老头有点像。”媒婆果断地说。她指的是九斤和尚，的确，九斤和尚那天刚刚刮过胡子，穿着笔挺，容光焕发。

九斤和尚所说的那个天黑的时辰很快就来了。我走进修饰一新的卧房，母亲正在房内和杜鹃说着话，看到我进来，杜鹃的身体在一条木质的长凳上挪动了一下，尽管我没有像她指望的那样坐到她的边上去，可心里还是觉得暖洋洋的。她的脸就像一只刚刚长熟的石榴，既腼腆又大胆，在以后的日子里，当她在摆弄一团团绒线或者用汤婆子熨衣服的时候，我常常看到她脸上的这种安详的神色。在母亲离开后的很长一段时间里,我们就这样彼此对望着,不说一句话。炉火烧得正旺,树柴在燃烧时发出噼噼啪啪的声音,火光将大半个床沿都染红了。深夜,我躺在床上,听着窗外呼呼刮过的北风,感到了一种从未有过的睡意。起先我们是背靠背地睡着,可是第二天早上醒来,我发现她已经蜷缩在我的怀里,牙关轻轻地扣动着,发出均匀而轻微的鼾声。

杜鹃的身上带有一种水乡女人特有的无忧无虑的气息,一种凡事深信不疑的秉性。她像井水一样沉静,像风一样自由自在。这正是我所希望的。这门预先被安排的婚事给我带来了意料之外的安宁,但是这种短暂的时光很快就结束了。就像一泓清水被突然搅浑了一样,我的心情总是因为对过去有所顾忌而一下子变得很坏。

一天晚上,杜鹃告诉我,在她从水码头边洗完衣服回家的路上,村里的几个年轻人将她拦住了。他们跟她开起了粗野的玩笑,编造出一些下流话来挑逗她。其中的一个人还让杜鹃三更时分在河边的码头上等他。

“我才不会搭理他呢。”杜鹃一边用剪刀剔着蜡烛,一边低低地说。

她的脸在烛光下显得模糊而虚幻,我好像是在隔着一层雾看她似的。

第二天早上，杜鹃到田地摘金针的时候，又在村头被那伙人缠住了。宋癞子嬉皮笑脸地跟她说着话，看到我走过去，他并没显出惊慌的样子，而是用他那种惯常的阴冷的目光瞥了我一眼，领着那伙人慢慢散开。宋癞子走到河边，回过身来朝我喊了一句：

“晚上睡觉的时候，代我来那么几下。”

杜鹃来到枣梨园不久，马上就和小扣混熟了。她们常常一块儿去赶集，一块儿去村里的磨坊轧面，一块儿给院子里新栽的花木浇水。在白天，她们俩像姐妹似的形影不离，晚上，她们就一起坐在灯下做针线，像咕咕叫着的鸽子一样说一些只有她们自己才能听得懂的话。

小扣现在已经有二十六七岁了。可没有生过孩子的女人永远就像处女一样。我和杜鹃躺在床上的时候，常常会突然想到她，想起她成熟而又有弹性的身体。我和杜鹃的床笫之欢更加激起了我对她的渴望，有时候，我好像觉得是在和小扣干那样的事。这个念头怎么也驱赶不掉。有一次，我在廊下碰到小扣，就悄悄地把这一切告诉她，谁知她不但没有表示感激，反而立刻伏在廊柱上哭了起来。在我婚后的那些日子里，小扣的眼神总是躲躲闪闪的，一看到我朝她走过去，就像一只猫似的远远地逃开了。

对于我和小扣之间的这种紧张关系，杜鹃也应该有所察觉，但她从来不闻不问，依旧和小扣有说有笑，就当什么事都没有发生过一样。

母亲仿佛在一夜之间就变老了。她的肩膀瘦削下去，眼窝坍陷，而且总留着一层黑圈。她成天在院子里转来转去，在枣梨园渐渐成了一个多余的人。她的记性大不如前，说话的时候老爱流口水。有时，她盯着墙壁沉思好半天才想起她要做的事。有时，她手里抓着一把菜刀和几枚洋葱头走到我的房里来。这年清明节，她突然提出来要去祭奠父亲的坟冢。这件事，九斤和尚和我都感到非常意外，因为父亲死了那么多年，这个家里的每一个成员都早已将他忘记了。那天，我们来到父亲那座早已坍塌的坟前，为它新壅了土，按照母亲的要求，我们还特意为它做了一顶双层的新帽子。

又过了一些日子，杜鹃迟疑而又认真地告诉我，她梦见母亲去世了。她比枣梨园的任何一个女人都更相信梦，相信那些只有她才会想象出来的预感。有一回，她梦见我在十月的雨天离家出走了，然后就哭了起来，它深深地刺痛了我。因为那时，由于一位乡绅的推荐，我不久就要离开枣梨园前往信阳了。这一切都是私下里悄悄进行的，我对谁都没有透露过半点风声。那些天，我常常在深夜被她的啼哭惊醒，她的脸像一面映入落日的镜子，长时间地仰望着我。一个月之后，当我把第二天准备离开枣梨的消息告诉她时，她没有流露出丝毫的吃惊,而是用她那种惯常的坚定语气对我说:“带着我一起走吧。”

临行前,母亲已经重病在床了,整个枣梨园都被一种令人颓丧的气氛包裹着。那些天,杜鹃像是为了给我们长久以来沉默不语的时光做一些弥补,整日整夜地跟我说着话。她说起大泽乡的水上生活,说起她的外公,那条在江中漂泊的船只,说起她曾经丢失在水里的一枚戒指,她的话匣子打开了,她的故事比一个向日葵结出的籽还要多。

由于母亲的猝死,我的行期往后挪了几个月。上路那天,刚好是十月的第一个阴沉的黎明。我沿着村外桔麓山下的那条道路走出了很远,杜鹃依旧扶着门框站在门边,依旧是往昔那副仰望着我的样子,好像我会突然改变主意,重新回到她身边似的。在我以后漫长的军旅生涯中,一直到我在东驿第一次看到胡蝶的前夕,我都清晰地记得她当时的面容。

胡　蝶

我第一次看到胡蝶，是在一九三八年的夏秋之交。当时，日本人已经攻陷了上海，战局一天天恶化。从沪淞前线撤退下来的士兵正沿着东驿丘陵的一条狭窄的公路朝南京方向败退。那些天，我们成天都能看到那些士兵，裹着绷带的伤员，深陷在稻田里的马匹。

这天午后，东驿一带的村民又一次聚集在村头，朝远处张望，车辆扬起的灰尘在空气中弥积不散，在公路边的树篱间形成一条长长的烟堤。他们一边朝远处观望，一边用手指指点点，像是辨别着风向。

这些忧心忡忡的庄稼人一定十分清楚地知道，眼前的部队撤离之后，接着进入他们视线的是些什么人。更多的村民正在收拾家当准备迁徙。

我当时正随第十七兵团奉命在东驿一带驻守。隔着一条浅浅的河流,我看见村东的一个树林里,几个人正在杀猪。更远一些的地方是一幢高大的门楼,一辆四轮马车停在它的阴影之中。几个家佣模样的人正在装车,就在这个时候,我看到了她。

她的身体让那匹高大的枣红马挡住了,在屋檐下阴晦的光线中,我几乎看不清她的脸。不过,她很快就走了出来,走到炽烈的阳光之下,她的头上戴着一顶用麦秆编成的草帽,由于距离太远,我一时无法判断出她的年龄。她抬起一只手遮住耀眼的光线,把目光投向河道的对岸。她无声无息地朝前走了几步,又停了下来,好像由于某件事而感到迟疑不决。一个留着小胡子的男人悄悄地走到了她的身边,抓住了她的一条胳膊,她轻轻地挣脱了他,依旧朝远处凝望着,在她的视线之中,也许有什么东西吸引住了她的注意力。第二个来到她身边的是一个拄着拐杖的老人,他的手起先是落在她脑后的长发上,然后滑过她的肩胛,她纤细的臂膀,然后捏住了她的手,老人在她耳边说了一句什么,随后也抬起头顺着她的视线朝远处看了一阵。河道这边是空空荡荡的一片田野,成熟的稻穗在风中轻轻地摇摆。有几个士兵正牵着马到一条沟渠里饮水。

老人再一次和她耳语了一阵,便拽动了她的手臂,这时,她的身体像铺开的扇面一样,完全伸展开来,她的裙子被风吹向一边，裹紧了她的躯体。那个留着小胡子的男人在一旁静静地看着他们，接着，他兀自走到了一棵树下，点燃了一根烟卷。

接下来我看到了她上车时的情景：她的一只脚踏上了车轱辘的轮轴，那个留胡子的年轻人快步走了过来，在她的屁股上托了一把。女人的一只鞋子掉了下来，男人从地上捡起鞋子看了看（他大概是想闻一闻里面的气味），然后递给她。

马车夫很快抖动了一下缰绳，那辆马车就吱吱嘎嘎地叫着上路了。我看见她一度回过头来，那顶草帽在树林中闪闪烁烁，不一会儿，马车绕过一处墙角，在一条幽深的弄堂里消失不见了。

我再一次看到胡蝶，是在半年后的一个冬天。那时，日本人已经打下了南京，正朝徐州方向逼近，准备打通陇海线。那幢高大的门楼前挂出了一面地方维持会的牌子。由于我的伤情，我不得不再在东驿滞留一阵子。

那是一个冬雪初霁的早晨，我坐在村头的一个草垛旁晒着太阳，一阵嘚嘚的马蹄声朝这边传过来。我看见一匹灰白色的马在奔跑，胡蝶坐在马上，马蹄扬起干冻的雪粒，纷纷落在她的身上。她紧紧地夹着马肚，身体剧烈地颠动着。有好几次，她都差一点让马给掀下来。晒场的边上，几个男人抱臂而立，远远地看着她。在他们的身后，清晨赭红色的光线将村头的一排刺槐树映衬得红彤彤的。看着胡蝶骑马的样子,我想起第一次骑马冲锋的时候就让马给摔裂了屁股,它将我从马背上高高地抛起来,掀翻在一块麦田里。密集的枪弹在田边的一条排水沟里溅起了一朵朵水花。

我听见胡蝶在马上尖叫了一声,那匹马长长地嘶叫着,撒开四蹄朝河边冲过来,那几个男人跟在后面一边奔跑,一边朝我大叫:"拦住那匹马……"

我从草垛边站了起来,但一股无形的力量阻止我去救她。与其说是一种冷漠,倒不如说是一种自惭形秽。我看见胡蝶的身体已经挂在了马的一侧,可她的一只脚还套在马镫上,她的身体从雪地上划过,留下了一条长长的痕迹。那匹马拽着她沿着河边一口气跑出了几十丈远,最后在踩翻一道篱笆后,将她拖到了一个灰堆里。两年之后,当我和胡蝶在磨坊的晨曦中醒来,被村里公鸡的啼鸣搅得心慌意乱的时候,我怎么也记不起当时她从灰堆里爬出来的样子。我只是记得,在那个晴和的早晨,一只纸鸢在瓦蓝瓦蓝的天空中摇摇上升,伴着嘹亮的竹哨声,在河道的上空越飞越远。

叫　喊

母亲死于那一年的夏天。自从她卧病在床的那一刻起，她就沿着死亡的道路朝前飞跑了，我们所能做的一切只不过是在一旁徒劳无益地注视着她。

这是一个闷热的夏季。从南边吹过来的风让高高的桔麓山脉挡住了。山洼中沉积的雨水白天让太阳蒸烤着，到了晚上就会在树梢的上空散发出一股燥热的气雾，把一切都弄得湿漉漉的。母亲的境况一天不如一天，她成天待在阁楼的卧室里，门窗紧紧关闭着，有时一连几天不见她下楼来。一天晚上，杜鹃赤着脚到院里的井台边喝水（她来到枣梨园后，依旧改不了喝冷水的习惯），不一会儿，她就神色慌张地回到房里："你母亲的阁楼像是着火了。"我们披上衣服赶到她那里的时候，小扣和九斤和尚已经先到了。我看见九斤和尚正提着水桶朝窗户上泼水。窗纸早已化为灰烬，母亲床上的帐子已烧掉了一半,屋里弥漫着一股焦炭的气味。母亲头发凌乱,衣衫不整,她兀自坐在潮湿的地上,眼睛盯着烟雾缭绕的窗口,一遍遍地重复着那句我们早已习惯了的话。

“我现在是不是已经变成一个傻瓜了?”

从那以后,我们每天晚上都能听到阁楼那间黑漆漆的房子里传来的叫喊声。那种声音仿佛一条沉默多年的河流突然咆哮起来一样,即便是在炎热的夜晚,它听上去也是冷冰冰的。开始的时候,我们每天都到阁楼上去看她,她总是打着嗝,唠唠叨叨地跟来到她床头的每一个人说着话,一直到她沙哑的嗓子再也发不出一点声音。有一回,小扣哭泣着从她的阁楼里跑了出来,她肩上有好几处被撕破了,露出了胸前的大半个乳房。九斤和尚随后跟了出来,一见到我就嘿嘿地笑了起来:“你母亲的力气可真大,差一点没把小扣给卡死。”在母亲的内心,她一直以为枣梨园的颓败是小扣带来的,她对小扣强烈的嫉恨在小扣出人意料的逆来顺受面前变得毫无用处,但无法淡忘的仇恨却一直在她的体内寻找着出口。这件事并没有使小扣疏远她,遥遥无期的辱骂和责打使她的例行陪伴变成了一种艰苦的等待。

过了一些日子,母亲突然提出来,让我们将村里的几个木匠请来,为她赶做一副棺材。母亲的请求使小扣看到了一线光明,她几乎是带着压抑不住的激动和兴奋告诉了我们这一消息。

我为这事感到了为难。在病人没有咽气之前赶做棺材，在麦村还没有先例。在这件事情上，杜鹃再一次表现出了她的决断："既然人人都注定有一口棺材，早做晚做还不是一样？"

在某种意义上，母亲死得可真不是时候。一方面，极为闷热的天气使人整天处于一种烦躁不安之中；另外，我由于所有的心思都牵扯在离开麦村这件事上，对于她的死没有丝毫的悲伤。尽管我很愿意处于这种情绪的控制之下。因为，冷漠使我对自身产生了怀疑，好像什么都不对劲。杜鹃的情形颇为类似，即将与我别离的痛苦使她根本没有将母亲的死放在心上，她曾经漫不经心地告诉我，在她们的水乡，人死了以后只要绑上石头沉入江中就算完事了。

枣梨园内散发出来的刨花的香气曾经使母亲一度安静下来。在刨锯呼哧呼哧的声响之中，杜鹃每天都围着那几个木匠转来转去。最后，她让木匠用剩余的木料给她做了一只水桶，这样，她就用不着深夜跑到院中的井台边去喝水了。棺木做成的那天下午，母亲执意要我们将她扶下楼梯，到院里去看一看她未来要睡进去的那张"床"。一个木匠盯着母亲看了好半天，最后笑出了声。他悄悄地告诉我："你的母亲就像六月里结出的新枣一样年轻，她至少还可以活上二十年。"

我不知道应该为木匠的话感到高兴还是难过。在母亲冗长的弥留之际,我感到了一种从未有过的腻烦。每当我刚刚入睡,杜鹃总是一次次将我推醒:“听,你的母亲又在喊叫了。”随后,我就听到了那种令人汗毛倒竖的可怕的声音。它阴森森的,好像是从一个空旷的墓地传过来似的。我渐渐习惯了在那种尖厉、忽高忽低的呼喊声中入睡,可杜鹃没法适应它,她告诉我,即使是在白天,她的耳边依然残留着一片嗡嗡的喧响。

过不多久,母亲又想出了一个新的念头。她让我们给她换个房间,她抱怨说她的卧房里有一股死耗子的气味,而且树梢上麇集的昆虫和蚊子会从窗缝里飞进屋来,在她的眼前飞来飞去。“也许楼下要清静一些。”我们把楼下那间堆放杂物的房间腾出来,母亲在里面住了一夜,又推说那里太潮湿了,到处都可以闻到烂稻草和石灰的霉味,然后,她让我们将她依次搬入谷仓、蚕房、父亲的书房。我们成天提心吊胆地忙碌着,整个枣梨园被弄得混乱不堪。好在杜鹃已经学会了各种家务,清扫院子,给菜地浇水,焚烧晒干的薄荷来驱散蚊虫。最后,母亲让我们将她搬入靠近外院墙的一间厢房里,这件复杂的搬迁计划才算告一段落。自从我们来到枣梨园以后,那间厢房一直没有使用过。里面积满了尘封的灰土和蛛网,墙壁上的石灰也早已剥落,我们花了整整三天的时间才把它收拾干净。不过，母亲进入那处厢房以后，我们几乎听不见她的叫喊声了。只有刮起西南风的时候，那种凄厉的声音才会偶尔从远处飘过来。

这天午后，我和杜鹃去厢房看她，我当时并没有意识到那是我最后一次看到母亲了。我们东拉西扯地和她聊了几句，就准备告退出来，可是母亲叫住了我。

“你现在是不是已经不愿意跟我说话了？”她问道。

我看见她深陷的眼眶中沁出了泪水，我从来没有看到她的双眼这样明亮过。我又一次想起了许多年前那个春天的夜晚，那是我和母亲分开来睡的第一天，我躺在床上，在紫藤花的香气中，我在冰冷的被窝里久久无法入睡。我能够感觉到她丝质的睡袍依然紧紧地靠着我。我能闻到她肌肤的馨香，能够听到她每天早上起床时衣裙窸窣响动的声音，听到她在打完牌后，朝楼上走过来……

“没有。”我说。

“怎么会呢？”杜鹃插了一句。

“当初真不该离开江宁，到这个倒霉的地方来。”母亲叹了口气，对我说。

我和杜鹃对望了一眼，不知道应该怎样来安慰她。

“可是现在，”母亲大声地喘息了几下，又接着说道，“你们连一盏灯都不肯给我。”

“现在是白天。”杜鹃赶紧说了一句。

“不,是晚上,”母亲执拗地说,“你们别骗我,我的四周一片漆黑,像锅底一样。”

杜鹃瞥了我一眼,没再说话。过了一会儿,母亲又说:“你曾经告诉我,你看见过你的父亲,现在,我也看到他了。他站在一棵枣树下,穿着金黄色的衣裳,头发被雨水打湿了。”

母亲说话的声音越来越轻微,后来我们几乎什么也听不清了。母亲最后一次睁开了眼睛,做了一个含混不清的手势,仿佛要跟我说一句什么话,我将耳朵凑到她的枕边,她用极其微弱而神秘的声音对我说出了最后一句话:

“现在,我要拉屎了。”

我来到了信阳

在母亲的葬礼上，九斤和尚告诉我，母亲弥留时曾不止一次地对他说：枣梨园就要出一件大事了。九斤和尚马上将这句话告诉了小扣，小扣随后又告诉了杜鹃，杜鹃听着只是淡淡一笑。

母亲临终前，也许已经知道了我要离开麦村的消息，她一次次央人将她的床铺垫高，以便她能够从厢房的一扇窗户里看到我的身影在桔麓山下走远。她终于没能等到这一天。半个月之后，当我走在去信阳的路上，面对着道路两旁在秋风中萧瑟战栗的白桦林带和一座座荒凉的沙丘，我仿佛又一次回到了当初迁徙中的旅途，我的眼前出现了母亲美好的形容，混杂着恐惧和渴望。我渴望能够再次回到她的身边，回到她年轻而忧郁的目光之中，回到她临终时痛苦的叫喊声中去。我知道，对于自己亲人的感情最好不要推究得太深，但对于母亲而言，这永远是可以被越来越遥远的道路度量出来的。

我们的学校设在信阳城南的几座低矮的房子里，一条河流呈扇形将它围在了中间。在一年中的大部分季节里，河道是干涸的，我们常常能够看到河底的青草滩里成群的牛羊在吃草，河道中央还有细细水流经过的地方，堆积着颜色深浅不一的卵石和漂石。每天早晨，我们都能看见一些军官牵着马匹去河道的中间饮水。校舍中间有围墙的地方是一块圆形的操场，四周稀稀落落地长着一排排槐树。在树林的背后，有一块靶场和操场连在一起，再往南，就是在晚秋季节长势不好的高粱地。

来到信阳的最初几天，我们就嗅到了充满火药味的战争气息。汽车引擎的嗡嗡声一刻不停地在耳畔萦回，大批的马匹和牛拉的车辆、火炮，在大道上扬起漫天的尘土。在城内闹市区的酒楼、茶肆和妓馆的门前，那些身穿靛蓝色和屎黄色军服的官兵三二成群地东游西荡，偶尔也有一些从前线撤退下来的士兵从街上走过，他们裹着绷带，面无表情。

我们的宿舍紧挨着军校的围墙，围墙外就是一条宽阔的石子马路，我们在睡梦中常常被从窗前突突驰过的马蹄声惊醒，它把整个土房都震得摇晃起来，随着床架的剧烈的颤动，吊在上面的军用水壶便相互碰撞着，叮叮当当地响个不停。

每天都有一些前线的消息传到学校里来，起先，我还没有弄清谁和谁在打仗，因此，我也不知道那消息对我们来说意味着什么。

随着秋天在一阵断断续续的阴雨天中消失，冬天跟着就来了。

一天傍晚，和我同住一屋的一位山东籍的士兵悄悄地把我叫到屋外，问我是不是愿意跟他们一起去打猎。一个麻脸的大汉告诉我，下雪天，野鸡和兔子都会从洞穴里钻出来找吃的，一个晚上可以打十几只，我想了一下，就同意了。

我当时还没有学会骑马，那位麻脸大汉让我坐在他的马后，我们一行四人悄悄绕过形同虚设的岗楼，顶着怒号的风雪，穿过操场尽头那块光秃秃的高粱地，走到了野外茫茫的雪原之中。

一路上，我的心怦怦跳个不停，山东籍的士兵不时地找出一些话来安慰我。他告诉我，现在学校纪律松懈，军心涣散，他们干这样的事已经不是第一次了。况且，那位麻脸大汉是保定人，他的妹夫就是军校的副校长（他在说到这里的时候，麻脸大汉立即在马上显露出一副得意非凡的样子）。

上灯时分，我们来到了河道下游的一片开阔地带。一座村庄在阴沉沉的夜幕下呈现出来，零星的灯光在村落上空闪闪烁烁，偶尔能够听到村子方向传来的一两声狗叫。一轮弯月在厚厚的云层中穿行着,泛出一缕缕冰冷的光芒。

我们勒住了马头。在夜晚忽明忽暗的月光下,我们看见一个裹着头巾的女人提着水桶正远远地朝这边走过来,看样子她是要到我们前面不远处的一块水塘里去汲水。

麻脸大汉嘿嘿地笑了一下,一松马的缰绳,几匹马便甩开四蹄跑了起来,这时,我听见村里的狗叫得更厉害了。我们很快就赶到了水塘的边上,那个女人正提着满满一桶水从水塘的坡底下走上来。她像是突然意识到了什么,起先是愣了一下,然后扔掉水桶朝村子的方向没命地跑起来,恐惧使她忘了呼喊,她没有跑出多远,我们的马很快就撵上了她。

一匹灰白色的战马像一阵风似的掠过她的身边,那个女人还没有来得及叫唤就像一只小鸡似的被悬空拎了起来,我看见她拼命踢蹬着两脚,在马背上挣扎着。我的身体不由自主地颤抖起来,麻脸大汉不高兴地转头朝我低声吼了一句:"沉住气,伙计!"

我们的马在雪野里漫无目的地飞跑,村里传来的狗的吠叫在身后越来越小。最后,我们在一片黑压压的树林边停了下来。我们从马上下来,麻脸大汉有些迟疑不决地走到我跟前,将身上的大衣脱下来递给我,吩咐我先在树林外边望风。随后他们几个推推搡搡地将那个女人拽入了树林的深处。

我裹紧了大衣靠在一棵榕树上,开始感到巨大的恐慌和不安。风卷起干冻的雪粒在树梢上空呜咽着,其中夹着那个女人一两声凄厉的尖叫。过了一阵,那个女人的叫声渐渐平息了下来。

过了很长的时间,那几个人才从树林里摇摇晃晃地走出来。麻脸大汉嘴里叼着一枚草茎,来到我跟前,漫不经心地拍了拍我的肩膀。

“这次你就算了,”他说,“刚才,那个女人已经被我们弄死了。”

在回来的路上,我的心里一直在盘算着这件事。我的虚假的怜悯也许使我惦记着躺在树林中的那个女人。我想起当我们的马朝那片水塘扑过去的时候,她在封冻的河边敲冰时的情景,想起那只水桶(它在我眼前呈现出杜鹃的笑容),它翻倒在雪地上,黑色的水流汩汩而出。

我在心里对自己说,如果麻脸大汉没有提出来让我在外面望风,而是让我跟随他们一起进入树林,我会不会像他们一样,跨上那个女人的身体,在肆虐的风雪中,给她以致命的一击,并在她的肌肤上留下耻辱的印记?我虽然无法肯定我一定会这么做,但也找不出拒绝的确凿理由。这使我感觉到我实际上和他们是一类人。

这件事情出人意料的结果直到一个月之后才清晰地呈现出来。据说事发以后,麻脸大汉的妹夫曾一度想将这件事遮掩过去,他的努力差一点获得了成功。但稍后发生的另一件事使情势急转直下。一天夜里,校长的二姨太去保定大戏院看戏,回来的路上被一群油里油气的兵痞拦住了,由于侍从的竭力阻止,虽未发生不测,但姨太太一连数日的哭诉终于激怒了校长,他把副校长叫到自己住宅严厉训斥了一通之后,下达了执行枪决的命令。

副校长精明地意识到,他因徇私情已经失去了上司的信任,为了杜绝军校里沸沸扬扬的流言,他果断地下令加重处罚。

所以,那天下午执行枪决的场面突然变得令人惊异地残酷。那三个士兵被剥得一丝不挂,他们站在操场边的那排槐树下,在寒冷的空气中瑟瑟打抖。山东籍的士兵双手交叉捂住了私处,由于对突然宣布的死刑毫无准备,他徒劳地闪到槐树的背后,企图以此阻挡前方射来的枪弹。麻脸大汉显示出了孤注一掷的勇气,他一遍遍地叫着"妹夫",希望那位负责行刑的副校长改变主意,但由于惊慌,他时常将"妹夫"叫成了"姐夫",这使副校长的脸痛苦地涨红了,他心烦意乱地朝行刑队挥了挥手。

第一排枪声响过之后,两名士兵一声不吭地扑倒了。麻脸大汉精赤条条地狂叫着,转身朝收割后的高粱地里奔去,当他一瘸一拐地跑到那条河道的堤岸上时,一颗子弹从身后追上了他。

在接下来的那段寒冷的日子里，我是在由一间仓库临时改成的禁闭室里度过的。那时，我第一次有了被囚禁的经验。

房间里黑咕隆咚的，听不到外面的任何声音，只是在每天早上送饭的时候，窗户打开，才可以透进来一道光柱，它是那样的强烈，以致我有好长一段时间睁不开眼睛。就像儿时躺在阁楼上等候母亲上楼一样，我日复一日地盼望着那扇窗户会突然打开，虽然只有短暂的一瞬，但我总可以通过它看到窗外的一些东西：天空中飞过的一只乌鸦，黎明时分士兵上操的队列，以及喷着响鼻在阳光下静立的马匹。在等待中，时间是通过窗外树上长出的新芽，以及雪水融化后淙淙的水流而具体呈现出来的。

尽管我在禁闭室只待了三个月，我却感到时间已经过去了整整一年。我从禁闭室出来的第二天，收到了一封杜鹃寄来的信。

这封信是去年冬末寄出的，在路上走了差不多有两个月。这封信是由麦村的一个老人代写的。我在读信的时候，仿佛又一次看到了杜鹃娴静的神态，她脸上既欢乐又悲伤的笑容，她趴在那只木桶边像牛犊一样咕咕喝水时的情景。

杜鹃在信中告诉我，冬天的时候，家里的山羊生出了二十只羊羔，院里新栽的几棵蜡梅到了下雪的日子已经开出了一朵朵黄花。母亲死后,她已经下地干活,现在她学会了所有的活计,给番薯育苗,给麦田施肥,还学会了纺线。她现在仍然和小扣住在一起,而九斤和尚已经在十一月份离开了枣梨园,到桔麓山下的一个林场种植烟草去了。不过,他偶尔也回枣梨园看看,或者托人捎一些茶叶来。杜鹃告诉我,前些日子她又做了一个梦,梦见我会在冬至这一天回到家里,她对这一点深信不疑,因此,她从集市上买回了一只兔子,放在炉子上炖着,还在一只脸盆里发了面。冬至那天晚上,她独自一人守候着火炉,深夜的时候,脸盆里的面都涨得满出来了。她说自从我离开枣梨园以后,她的梦就忽然变得不灵验了。

在信的末尾,她告诉我,第二天她要赶个大早,因为她要将这封信拿到离麦村四十里外的一个小镇上去投寄。

杜鹃的来信促使我立刻准备将在禁闭室里产生的念头变成现实:我要逃走。就像我当初仓促离开麦村的情形一模一样,这个愿望使我寝食不安。

六月末的时候,军校的校长换成了曲仁丰,一个面容阴沉的河南瘸子。在他上任不到一个月的时间里,就接连枪毙了五名军人,其中包括一名高级教官。他来到军校的第一件事就是在校舍的四周围筑护墙和铁丝网,并在操场边上修建了一个高大的瞭望塔楼。我曾经亲眼看见一个开小差的士兵在围墙的铁丝网上被机枪喷出的火舌撂了下来,就像一只被弹弓击中的鸟。

不久之后,我们就得到消息,前线战事吃紧,部队急需用人,也许过不了多久,我们就要离开信阳,奔赴战场了。

在信阳的那些令人窒息的日子里,我学会了打毛瑟枪、马克沁机枪和迫击炮。学会了偷偷地吸大烟以及只有傻瓜才学不会的使自己快乐的方法。学会了在奔驰的马上,用马鞭撩起女人的裙子。实际上,我们在信阳只待了两年多的时间。一个炎热的中午,我们突然接到了在操场上紧急集合的命令,我们刚刚来得及排好队,一辆军用敞篷汽车一阵烟似的驰入操场,曲仁丰拄着拐杖从车上下来,走到一个临时搭成的土台上给我们训话。树上的知了吱吱啦啦地鸣叫着,我的心里一直盘旋着如何逃走的念头,校长的训话我一句也没有听进去。

散操以后,一个同屋的士兵告诉我,我们已经毕业,经过十来天的短期集训之后,就将开赴前线。

仲月楼

军校毕业后，我被指定在第七军团参谋部供职。当时的第七军团的一部分驻扎在宛汀、临汾一带。我赶到那里的时候，正好赶上了一连串阴雨绵绵的天气。一连好几个月没有战事，部队在供给不足的情况下等待命令。我们的参谋部设在两座山峰之间的一片低洼的山谷之中，那些用竹竿和松木搭成的防雨棚一座挨着一座，静伏在树林之中。四周散发着腐烂的树叶的气息。

那场雨一直持续了整整一个月。等到云散雨收，阳光普照，小鸟重新在枝头鸣叫的时候，霍乱紧跟着又来了。霍乱开始在这片山谷里蔓延的最初几天，我结识了仲月楼。

那天中午，我在营房里的昏睡中被人推醒，一个军医模样的人脖子上挂着听诊器来到了我的床前。他是一个身材干瘦的青年，大约二十四五岁，长着一张榔头般怪异的脸。他用一只蘸满酒精的手在我的额上摸了一下，就漫不经心地向我问话：

"今天拉过没有？"

"什么？"

"拉稀。"

"没有。"

"昨天呢？"

"也没有。"

"说实话吧，我们不会将你隔离的。"

"确实没有。"

仲月楼沉默了片刻，接着又问道："那么，你是不是感到有什么地方不舒服？"

"我拉不出屎。"我迟疑了一下，回答他。

"拉不出屎？为什么？"

"我也不知道。"

仲月楼满意地在我的屁股上拍了一下，同时自言自语地说道："拉不出屎，好，你是一个称职的军人。"

仲月楼走后没多久，我就接到了上司的命令，他们让我立刻到军团的临时医务站报到。作为参谋部唯一没有拉过肚子的军人，我被长期的阴雨弄得颓唐不堪的心情顿时轻松起来。可是，没过几天，我就对医务站的工作感到了厌烦。那些染上霍乱的人必须迅速地隔离,隔离的竹棚搭在距营地几里之外的一个枞树丛里,中间隔着两座不高的山头。在泥泞不堪的山道上,往返运送病号,使我筋疲力尽。那些被霍乱折磨的士兵仿佛要将肚里的所有东西都呕出来似的,沿途吐个不停。我戴了双层的纱布口罩也挡不住那种刺鼻的酸臭味。

这场霍乱延续到这一年的秋末才被完全控制住。部队在下一个月就要开拔了,我却没有接到调回参谋部的任何指令,因此,依旧留在医疗所。

仲月楼是一个有趣的人。我想,在这个沉闷死寂的军营中,他也许是唯一一个感到自由自在的人。他脸上时常挂着一种不经意的笑容,即便是当他在手术台上摆弄死人的时候也是如此。在我看来,这种笑容如果不是出于无奈的苦中作乐,至少也是一种玩世不恭。但是,它并没有妨碍我们很快成为莫逆之交。应该说,我起先不太喜欢仲月楼这个人,我们彼此之间成为朋友是因为我没有其他的选择。

在部队开拔前的一个晚上,我和仲月楼躺在山间的拦水坝上聊天。土坝的一边蓄满了雨水,映现出满天的星斗和山上营帐中的点点灯光,另一边,坝下的池水汩汩流淌着,发出轻微的淙淙之声。

半夜的时候,我们看见山那边忽然腾起了一片火光,毛竹和树木燃烧时“噼噼啪啪”的声响不时地传过来。过了一阵,我们就闻到了空气中飘来的一股股焦煳的烟味。在狼狗一声接着一声的吠叫声中,我们突然停止了谈话。

"山那边起火了,"我说,"也许是那些隔离棚被火烧着了。"

"那是部队在消毒。"仲月楼笑了一下。

"我记得那个隔离棚里至少有一半的士兵还活着。"

"反正他们上了战场也是死,"仲月楼说,"这对他们来说也不是什么坏事。"

我没有话说。过了一会儿,仲月楼又问我:"你打过仗没有?"

"没有。"

"战争有它自己的一套,你用不着替它操心,以后你慢慢就会知道了,你要习惯于忘掉这些小事。"

"那么,什么样的事算是大事呢?"

"攻占对方的阵地,或者自己的阵地被对方攻占,"仲月楼沉吟了片刻,又补充说,"当然还有另外一些事,比如酒……"

"酒?"

"你在军营中,常常可以看到一辆辆毛驴拉着的车子,上面装满了酒桶,那是给当官的喝的。有一回,炊事兵在运酒的路上,酒桶被一发炮弹击中了,等回到营地,桶里的酒已经漏得一滴不剩了。恰巧那天战事失利,三十四师的一个师长当场就掏出枪来将那名炊事兵给毙了。”

那天晚上，我躺在凉飕飕的帐篷里，一夜没有睡着。儿时治愈的失眠症又撵上我了。我想起在我们的迁徙途中，父亲在月光下揭开轿帘，露出一张蓝莹莹的脸来。那个雨夜的枪声仿佛一直延续到现在。

“所有的事情都会被人忘记，”有一次仲月楼对我说，“这就好比朝墙上刷石灰，新的石灰涂上去，原先的颜色就看不出来了。”

仲月楼的老家在水杨庄，紧挨着长江，算起来离开麦村也只不过一天的路程。一年夏天，突降的暴雨冲决了江堤，他和母亲、两个妹妹在逃难的途中走散了。当时，洪水刚刚退走，到处都是裹满泥浆的庄稼，被淹死的猪羊，以及无人认领的尸体。仲月楼随着陌生的人流一直走到信阳一带，也没有打听到母亲的音讯，最后他决定去河北投奔他正在军队服役的父亲。

那一年，他只有十五岁。他翻山越岭，沿途乞讨，找遍了驻扎在河北的所有营地，终于在第二年春天来到了他父亲所在的部队。一个骑兵营长告诉他，他的父亲非常不幸，他在上战场的第一天就被炮弹击中了，一粒弹片嵌进了他的颅骨，他几乎一声没吭就咽了气。后来，仲月楼获准在这支部队里留了下来。由于作战勇敢，在攻打莲池的战役中立下战功，他很快就被提升为排长、连长和副营长。但是不幸的事情接踵而至，他起先是从一座高高的城墙上摔了下来，跌断了两根肋骨，接着又在一次渡河的时候，失去了睾丸。“我想，它一定是掉到了河里。”事后，仲月楼在回忆这件事时，脸上依然残留着一丝惋惜的神情。他身上的伤口一到阴雨天就会隐隐作痛，而且常常发炎化脓，这件意料之外的事使仲月楼不得不终身叉开两腿走路，就像一只鸭子那样。由于他小时候在乡村的一个兽医站当过两年学徒，又读过几本医书，他奉命从战场上撤了下来，几经辗转以后，来到现在第七军团所属的医疗所当医生。

“军医可比兽医难多了。”仲月楼常常这样对我说，“因为你除了必要的医学常识和临床经验外，还得具有木匠、屠夫和裁缝的手艺。你得学会用刀子小心翼翼地将皮肤、肌肉与骨头分开，用锯子将胫骨锯断，用细细的麻线将裂开的皮肤缝合在一起。”

仲月楼告诉我，他刚刚来到第七军团医疗所的那会儿，就碰到了一件使人难堪的事。一天中午，他正和医疗所的几个护士在一座密林里吃饭，一个浑身泥土的伤兵一路号叫着来到了医疗所。“就像我们在乡下常常可以看到的魔术师的表演一样，他的手让匕首刺穿了。匕首是从手背上扎进去的，在手心的一边露出了四五寸长的带着血迹的刀刃。那个士兵疼得在地上直打滚,我和几名护士面面相觑,我们不知道怎样才能将那柄匕首从他的手上取下来。我看见一个老军医,我原来的上司,正蹲在一棵榆树下,一边往嘴里扒着饭,一边静静地看着这一切,好像什么事也没有发生一样。最后,等到他吃完了饭,才打着饱嗝朝这边走过来。他吩咐我们将那个伤兵绑在一棵树下,他自己则找来了一把榔头,对着刀尖的一端利索地猛敲了几下,那柄匕首当啷一声就掉在了地上。”

仲月楼看了我一眼,沉默了一会儿,又说道:“人当然不是畜生,可是干我们这一行的,特别是在这个军营里,你有时不得不把他们当畜生一样看待。”

现在正是清晨时分。战斗似乎刚刚打响,我们听得见山那边传来的隆隆的炮声。我们懒洋洋地坐在医疗所敞开的门洞前,在暖烘烘的阳光下,看着对面山头上腾起的硝烟在空气中慢慢散开。在这段时间里,医疗所的四周非常宁静,伤员要等到战斗快要结束的时候才会运来。

门前有一排野生的栗子树浸沐在阳光之中,树丛中晾晒着一条条绷带和床单,无法洗去的血迹使它们像旗帜一样在风中飘拂着。几个小孩叽叽喳喳地喧闹着,在树下钻来钻去,看上去,他们好像在追逐一群蜻蜓。

仲月楼告诉我,这些小孩之中有一些是经他的手接生出来的。常常有一些人在晚上突然来到医疗所。他们当然不是来治伤的，事实上很少有军官，特别是高级军官负伤，他们到医疗所来，完全是因为那些女护士。这些女护士都是在行军的途中从村子里抓来的。那些军官总是急不可耐，有时，手术台上的血迹还没有来得及洗去，他们就在上面铺上一层床单，然后就和护士们干起了那种事。“由于这种事情带来的后果，我很快地学会了接生这一行当。”仲月楼点上一锅烟，朝树下那些正在玩耍的孩子瞥了一眼，接着说，“这些小孩都有一个个古怪的名字，听了让人忍不住直想笑，什么师长啦，旅长啦，炮兵团长啦，这些名称尽管是战争的产物，可也给那些可怜的女人的虚荣心带来了某种安慰。”

我们正说着话，一个腼腆的小女孩迟疑地朝我们走过来，她身体孱弱，皮肤叫阳光晒得黑不溜秋的，她走到那些挂满绷带的树下停了下来，怯生生地打量着我们。

“她的名字叫什么？”我问道。

“她的名字比较复杂一些，”仲月楼说，“有人叫她副总参谋长，有人叫她军需处长，当然，还有一些其他的什么名字，我已经记不大清楚了。”

我看见那个小女孩将手指放在嘴里吮吸了一下，盯着我们看了一阵，然后转过身一溜烟地跑开了。

事实上，我在仲月楼的医疗所只待了不到一年的时间。很快我就接到了返回战场的命令。临走的那天，仲月楼一直将我送到了那座大山的山坳,最后我们在一块开满红花的红苕地边上站住了。分手的时候,他跟我说,如果我们再在一起待上一年,他就可以将我的病症治好,对于我时常拉不出屎的毛病,他已经翻遍了医疗所的所有书籍,并且已经找到了一些线索。

“打仗的时候留点神,”仲月楼最后在我的肩上拍了一下,“只要没让子弹打中脑袋和心脏,我都会设法将你救活。”

在后来的那些年月里,在频繁作战的间隙,我常常能够看到他,有时是在奔驰的马上,有时是在两辆相向开过的战车里。不过,我依旧怀念我们在一起相处的那段时光,盼望重新相聚的时刻,以便延续我们之间永不厌倦的话题。

我第一次上战场

记得仲月楼曾经跟我说过，他第一次上战场的时候，由于紧张、恐惧和一种奇怪的兴奋，他没有留下什么印象。大凡刚上战场的人在战役进行的过程中几乎什么也看不见。而事后，这些幸存的军人照例学会了自吹自擂。他们不厌其烦地向人们讲述一次次重大战役中惊心动魄的场面，就像描述一盘棋一样。实际上，有很多军人在事后回忆起往事的时候，连他们走过的道路也记不清了。

一个月黑风高的秋夜，我作为一名下级军官，奉命跟随第七军团所属的三团来到了作战前沿，在一条干涸的河沟里潜伏待命。天空黑森森的，四周一片岑寂。当我们的视线逐渐适应了周围的黑暗之后，我能够看见远处有一道如同粪便般黑黝黝的屏障，在鸟雀咕咕的叫声中，我们能够判断出它是一片浓密的树林。树林的边上隐隐约约地传来轻微的流水声，但我们无法看清河水流动的方向。

第二天早上，当暖烘烘的太阳从树林背后升起来，将我们从瞌睡中唤醒的时候，在慢慢消散的晨雾中，我感到自己仿佛又一次回到了麦村。一望无际的田野显得空旷而悠远，早起的农夫正忙于晚秋时节轻松闲适的农事。在山峦的阴影之下，一个瘦骨嶙峋的老人掮着木犁，跟在一头母牛的身后，朝田野走去。一些妇女在村舍边的井台上摇着轱辘汲水。河道边上是大片成熟的晚稻田，沉甸甸的谷穗随着风向不停地摇摆着。

我现在已经记不清这场战役是什么时候打响的，也许是晌午时分。第一发炮弹在我们身边爆炸的时候，由于爆炸声太响，我们反而听不见任何声音。我看见林间的树木一根根齐腰折断，就像是被狂风吹断的一样。栖息在林间的鸟雀扑打着翅膀，抖落下一些雪片般的羽毛，在跳跃的阳光下消失不见。

这时，我听到一阵嗞嗞的声响从河沟外面的草滩中传来，它显得那样地刺耳，我的心一下子就揪紧了。

“好像有条蛇朝我们游过来了。”我对身边的一个士兵说。

士兵立刻笑了起来：“现在哪来的蛇？那是炮弹的声音。”

“谁的大炮在响？”

“有我们的，也有他们的。”

我看见那些炮弹一个接着一个落在山下那片整肃的田野里，有几枚落在了村舍里的屋顶上，村中立即腾起一股浓烟，在炽烈的阳光下一时还看不到火光。

战事的爆发像暴雨一样令人猝不及防，而又毫无规则。中午前后，炮声渐渐平息下来，荒凉的原野又恢复了宁静。在缓缓散去的硝烟中，村舍、道路、稻田和一排排迎风而立的向日葵依旧呈现出来。我看见那条宽阔的河流由北向南静静地流淌着，长长的芦苇在水流的冲击下自由自在地荡来荡去。

随着太阳渐渐偏西，那种蛇信子般的嗞嗞声又一次在我们的头顶上响了起来。这一次，炮弹更密集了。我感到弹头在河沟前爆炸形成的气浪仿佛要将我们托浮起来。不久，我们就听到了机关枪突突突突的射击声。我们潜伏在河沟里，既没有向对面的山头发起攻击，也看不到一个敌人。

我第一次来到前线的经历没有给我留下任何恐惧的记忆，相反，当炮弹溅起一排排水珠，将植物的叶片和种子搅得纷纷扬扬的时候，我体验到了一种前所未有的激动。仲月楼曾经对我说过，只有在战争进行的间隙，安详而平静的农事才会激起我们对泥土的渴望。在弥漫的硝烟中，向日葵的花盘像蛱蝶一样翩然飞动，棕红的沙粒和稻穗混杂着污浊的泥水朝我们劈头盖脸地打过来。

我们的骑兵营在黄昏时向对面的山头发起了一次攻击。

我只是依稀记得,他们突然从一片树林里闪了出来,举着弯弯的马刀,出现在河边。对方的炮火一度使我们睁不开眼睛,几分钟之后,他们就在旷野里消失了,宛若水面上的一朵涟漪悄然湮灭。

很快,我们也接到了冲锋的命令。我昏昏沉沉地从那道河沟里爬上来,向前跑了几步就被绊倒了。眼前的这种状况和乡间赶集的场面极为相似:后面的人像潮水一样蜂拥而来,前面的部队被炮火压住后又朝回撤,人们推推搡搡地在原地打转,混乱之中,我感到背脊上被人踩了好几脚。

我跑到离河边不远的地方,显得有些不知所措,我突然意识到自己是一个人在奔跑,部队的其他人犹如渐渐收敛的阳光一样不知什么时候已消失不见。河水汩汩流淌的声音在耳边响着,我看见一些受伤的马匹在河道中沉浮不定。

就在这时,我感到自己想拉屎了。我朝四下里张望了一下,一口气就跑到了河边的一块稻田里。

后来,当我重新回到麦村,向杜鹃讲述这段经历的时候,她莞尔一笑:"你怎么一到了紧要关头,就想到拉屎呢?"我不知道怎样回答她。在她看来,我随口说出的这个细节也许只是一个玩笑,没有战争经历的人总是对战争有一种严肃的看法。可是,我在内心却有着自己的解释:我把它看作我的身体对于沉睡而无所适从的心灵的一次小小的拯救。

我不知道自己在那块晚稻田里蹲了多长的时间。我越是着急,就越拉不出屎。后来,我的衣服都让汗水给浸透了。稀疏的枪弹在庄稼地里窸窸窣窣地响着,好像一只只老鼠在田垄中穿行。

我从稻田里走出来时,天空已经完全黑了下来。枪炮声已经停息了。原先洁净的田野上现在横七竖八地躺满了尸体。他们的身上覆盖着泥土和被炮弹削飞的树枝,枪支扔得到处都是。在晦暗的河道上,那些士兵和马匹的尸体在水流中一沉一浮,顺着蜿蜒的河水静静地朝下游漂去。

这次令人沮丧的攻击最终使我们团只剩下了六个人。他们和我一样,在沉重的暮色下不知所措地徘徊着,像是在寻找着一件丢失的什么东西。

一阵急促的马蹄声由远及近。我看见一个传令兵匍匐在马背上朝这边急驰而来。那匹灰白色的战马跑到河道的附近,渐渐放慢了速度。传令兵拽住马头,从马上下来,远远地朝我吆喝了一句什么,我没有听清。

“你的耳朵难道给炸聋了吗?”他大声地问道。

“没有。”我对他说。

“你们的人呢?”

“什么人?”

“你们的部队在哪儿?”

我朝身后指了指。那五名士兵在夜色中若隐若现。他们之间始终保持着一定的距离,就像是在戏台练习走步一样。他们中的一个士兵不知什么原因,这会儿低声地哭泣起来,另外几个人走走停停,不时仰起脖子朝这边张望。

“你们团就剩下这么几个人了吗?”传令兵问道。

“差不多是这样。”我不敢肯定地回答他。

“你们干得很好。”传令兵一字一顿地说。随后他又问我:“你叫什么名字?”

我将自己的名字告诉了他。

“你会得到嘉奖的。”

传令兵说完这句话就跨上马离开了。我又重新回到了那条战壕里。另外几个士兵也陆陆续续地朝这边走了过来。不过,我们谁都没有心思说话。

河沟里空空荡荡的。地势低洼的地方已经渗出了一汪一汪的清水。我找了一块干燥的地方躺了下来。那里铺着一层厚厚的苇秆,上面搁着一架被炸坏的望远镜和一只闹钟。闹钟依然嘀嘀嗒嗒地响个不停。在河道尽头深黛色的背景之上,月亮已经升了起来。它的光亮在水面上平铺成一条微微战栗的光带。原野上隐隐传来了那些士兵的哀叫之声。它听上去是那样的熟悉,充满深不可测的绝望和忧伤,让人不禁怦然心动。

河道对面的村庄里此刻零零星星地亮起了灯火。原先躲藏起来的庄稼人再一次出现在村头，他们提着马灯，在旷野里寻找着被炮火惊散的牲口。他们说话的声音很不真切地传过来，其中夹杂着一两声绵羊的鸣叫。

对面的山头已经融入了越来越深的夜幕。瞭望哨的灯火也一盏盏地熄灭了。归巢的鸟儿在树林的枝叶间撞来撞去，在树梢上弄出一阵阵泼剌剌的声响。

我躺在河沟的坡道上，眺望着夜空闪烁的辰星，又一次忘记了自己置身于何地。不管别人怎样看待这次战役，对我来说，它还是在我的记忆中留下了一些美好的片断。我在晚年的岁月里，曾经不知不觉地和小琴谈起这段经历。她和那个时代许许多多的年轻人一样，由于远离了战争，似乎永远无法理解一个士兵真正的绝望和欢乐。

后续部队很快就赶到了。在他们从北边的一处山坳里像马蜂一样涌现出来的那一刻，我简直无法相信自己的眼睛。他们似乎一直就潜伏在那片山林里，距离我们的河沟不到四百米远。他们拖着枪，猫着腰，利用夜色和树木作掩护，静悄悄地朝这边蔓延过来。那些黑影越过一片片稻田和马铃薯地，来到河沟前五十码左右的地方，突然静伏不动了。而在远处，那道黑黝黝的山坳里，人流像泉水一样仍在一股股地涌出。不久之后,在我目光所及的范围里,到处都布满了黑压压的军兵。

几个军官模样的人沿着弯弯曲曲的河沟朝我走了过来,不过,他们谁也没有搭理我。他们一边往前走,一边议论着什么,借着薄雾之中淡淡的月光,神情专注地观察着这片静寂的山野。

那个我原先见过的传令兵在经过我身边的时候,回头用激动而颤抖的声音告诉我:总攻击马上就要开始了……

接下来的一切都变得迅速而简单了。我们没有受到任何阻拦就顺利地过了河,将村庄远远地甩在了背后。

第二天拂晓,我们攻占了对方的营地。我躺在半腰的一块草坡上,在松脂氤氲的香气中,静静地看着那支溃逃中的军队举着火把在远处的山谷中走远。

我的身边坐着一个胳膊负伤的士兵。他抱着枪,靠在一棵松树上打着瞌睡。风向渐渐偏北,带来了山下河道水流和芦苇的气息。山下的那个村庄燃起了熊熊大火。好像村里所有的东西都被烧着了。在妇女和孩子的哭叫声中,烈焰在风中将稻草和木头的灰烬往烟突里送。几个赤裸着上身的男人正提着水桶朝火堆上浇水。

"我饿了,"我说,"我们在那个沟壑里埋伏了一天一夜。"

那个士兵看了我一眼，打了个呵欠，没精打采地对我说："我们潜伏的时间更长，前天晚上我们就奉命从黑河赶到那里，在山洼里一直待到现在。"

"我们三团发起冲锋的时候，你们在哪儿？"

"就在你们北边的那道山坳里，我看见了你们的冲锋——像被收割的庄稼一样一排一排地倒在了河边……"

"那你们为什么不来增援？"

"增援？为什么要增援？"那个士兵冷冷地说，"这跟我们没什么关系。"

这个士兵由于发现我对战争的程序一窍不通，脸上立即显出鄙夷的神色："你们三团的进攻也许只是为了给对方造成一种错觉，或者仅仅是为了试探一下他们的火力。也许在几天之前，当指挥官们计划着这次战役的时候，对我们来说，你们三团就已经不存在了。"

过了一会儿，那个士兵笑了一下，接着对我说："战争这桩事情谁也说不清，我到现在也弄不清我们在和谁打仗，为什么要打仗……也许上面的头头和对方结下了什么仇。"他拍了拍我的肩膀，"看来你还是幸运的，不过子弹迟早要把你咬住的。你要是一直挨着不死，早晚都会当上将军的。"

山下的那场火越烧越大。火苗舔着屋顶的遮棚，照亮了村里奔跑中的人影。成片成片的茅草被北风撩起来，像一尾尾风筝在黝黑的夜空中越飞越高。在浑浑噩噩的睡意中,我似乎听到了风筝的线桄骨碌碌滚动的声音,竹哨嗡嗡作响……

风　筝

在村中靠近碾米房的地方，住着一个专门制作风筝的老人，他的那间简陋的木头房子修在一块坡度不大的土丘上。一丛丛野生的薄荷将它围在了当中，一条被踩得发白的路径从薄荷地里斜穿而过，一直延伸到运河的岸边。

每到春季，薄荷在雨水的滋养下长得很快。青翠的叶脉之中开出了一朵朵淡蓝色的小花。我们常常可以看到这个老人坐在门前的薄荷地里，翻来覆去地摆弄着一只只风筝。

在我的印象中，他好像从来没有和谁说过话。他的身体像一只散了箍的木桶一样虚弱不堪，头发全都掉光了，眼睛也不大好使。每逢一个人从他的门前经过，他都要凝神屏息地打量上半天，然后咧开那张空洞的嘴巴，笑一下。他的衣服常常被鼻涕和口涎弄得油光光的，像一块剃头匠用的刮刀布。村里的人很少去留意他，甚至也叫不出他的名字，只是到了二月份放风筝的时节,人们才会突然地想起他来。

在古城江宁,人们没有放风筝的习惯。当我来到麦村,第一次看见放风筝的情景时,我还以为它是一种天上的飞鸟呢。有一天,这个老人手里拿着一大串花花绿绿的风筝往桔麓山下走,在经过枣梨园的时候,母亲正站在阁楼的窗前梳头,她误以为老人手里拿着的是一只花圈,所以,她马上就对正坐在一边看书的父亲说了一句:

“村里大概又死了什么人了。”

制作风筝的过程说起来也非常简单:将剖开的竹篾搭成一个风筝的支架,在它的两翼糊上一层薄薄的绵纸,然后将竹筒或者晒干的葫芦做成哨子,绑在风筝的轴杆上。当风筝升到树梢的上空,风呼呼地灌进去,它就会发出呜呜的声响。

一天晚上,我在捉迷藏的时候,悄悄地溜进了老人的木屋。屋子里凌乱不堪,墙根、桌边、床上甚至米缸里到处都放满了大大小小的风筝。这个据说从十岁开始就制作风筝的老人正借着一盏油灯的光亮,专心致志地将茜草煮成的颜料涂在绵纸上。他身边的地上杂乱地堆放着一些物件:一把削篾刀,两卷墨线,一把锯子,以及几只刚刚从树上摘下来的葫芦。在他的手里,仿佛每一只风筝都有生命,他小心翼翼地涂着颜料,细心地缠着线,嘴里嘀嘀咕咕地说着一些谁也听不懂的话,好像手里的那只风筝是一个正在熟睡的婴儿。

几十年之后，当我和杜鹃被村里的一伙年轻人逐出了枣梨园，我们就来到这间无人居住的木屋安了家。那时这个老人已死去多年。我们打开这间尘封的屋子，依然能够嗅到竹篾和茜草的气息，那些早已风化了的蝴蝶、鹞鹰和蜈蚣照原先的样子摆满了屋子的每一个角落，经手一碰，纸灰和尘埃便在空气中不停地跳动。经过许多年的世事沧桑，杜鹃身上的那种沉着宁静和愉快的品性早已荡然无存了，在我们刚刚住进去的那些日子里，她总是一次次梦见这个老人，梦见他在一天深夜突然打开门锁，走到屋子里来。

杜鹃花了不到三天的时间就将这房子收拾干净了，她用六合土将房子四周的缝隙堵得严严实实，以防止突然降临的雨水打到屋子里边来。她用土积泥砖在屋子外的薄荷地上围了一处小小的院子，在里面种上一棵梨树和几行蔬菜。她将老人遗留下来的坛坛罐罐和那些制作风筝的刀锯统统扔到了屋后的一个茅坑里，这座小屋里唯一被她保留下来的东西是一只鸭嘴尿壶。她将它拿在手里反复端详了半天，然后拿到河边洗净，用它腌了一壶泡菜。

关于这个老人的失踪，麦村的人众说不一。其中的一个说法是这样的：有一年的春天来得特别早，到了二月初，天气变得又温暖又湿润，地里的麦子已经蹿秆了。风筝节的这一天，人们担心这种游戏会糟蹋庄稼，老人的风筝一只也没有卖出去。

等到第二年的这一天，村里的人好像将放风筝这回事给忘了。老人就提着风筝挨家挨户地去兜售。这个不善言辞的老人来到枣梨园的时候，母亲连一句话也没有跟他说就将大门关上了。

这天午后，我看见他独自一人提着一只巨大的风筝到桔麓山下的麦田里去放。当那只宽大的蝴蝶在瓦蓝瓦蓝的天空中随风飘动的时候，村里的人都赶到河边来观看。这是我所见过的最漂亮的一只风筝，哨音清亮而悠长，在呼呼的风声中，发出一阵阵悲鸣。

傍晚前后，他的一个邻居发现他还没有回来，就张罗人们出去寻找。他们在桔麓山下碰到一个砍柴的妇女。她说黄昏时还见过他，当时，他顺着那风筝飘动的方向已经在山下的旷野里走远了："也许是他的那只风筝断了线。"

一九二五年的冬天

八九月间，我们的部队开到了奉城、罕达一带。十月份抵达黄河之北的修林。这几个月中，部队除了在行军途中有过几次规模很小的遭遇战之外，没有重大战事。

修林是蛰伏在黄河河套边的一个小城。四周光秃秃的，城外的道路两边稀稀落落地种着几排桦树。我们的营地安在城外的一条干涸的河床边，往南不到二三里，就是黄河那一带弯曲而浑浊的水线。

冬天很快就来到了。雪一场接着一场地下着。部队的供给线让冰封的道路给切断了。没有人知道我们为什么要到这个地方来。我们每天除了将马匹遗下的粪便收集起来，晒干后当燃料，就是在营帐里睡觉。

在这片荒凉的雪原中，听不到鸟叫，听不到枪炮声。日复一日的等待似乎永无尽期。我们的所有感觉渐渐地也像是被风雪冻住了。伤寒病似乎在一夜之间就在这座兵营里蔓延开了。我们每天都能看见马匹驮着一具具僵硬的尸体朝黄河边运。处决逃兵的枪声常常在深夜里将我们从睡梦中惊醒。

在过去的几年里，我干过步兵、骑兵、排雷的工兵，官阶升至团副。随着征战日益频繁，家园在我的感觉中越来越近，逃跑的念头也与日俱增。已经有很久没有收到杜鹃的信了，事实上，她即便给我写了信，我也无法收到。她在冬天银灰色的雪光之中静静剪着窗纸的样子总是一次次浮现在我的眼前。好像每一次作战、行军、扎营总是在为逃亡做准备似的，我慢慢地对这个念头上了瘾。我先后逃跑过三次，最后一次差不多已经获得了成功。我们在茫茫黑夜中奔跑了一天一夜，已经能够看到徐州城内闪闪烁烁的灯光了。作为那次未遂逃亡事件中唯一的中级军官，我侥幸活了下来，但在降级后调离了我原先所在的二十八师。后来在第六骑兵师第十二工兵营待过很短的一阵之后，我来到了现在的这支机动部队。

尽管我意识到当时离开麦村是一个莫大的错误，但后来我已经彻底打消了逃亡的念头。由于山水阻隔，路途遥远，即使逃出了军营，也逃不出这个兵荒马乱的年月。我慢慢适应了军营里的一切，学会了忍耐，学会了吃生马肉，喝铁锈一般的污水，在行走中的战马上打瞌睡。

十二月十日晚间，这支濒临绝望的部队发生了火并。双方在交火时都使用了重武器。这场由两名军官的口角引起的冲突很快波及了整座军营。枪声、叫喊声和咒骂声连成一片。我从伙房的一只倒扣的军锅里爬出来的时候已是深夜,我看见一个头上裹着绷带的士兵端着枪将一名军官逼到了墙角。

“别开枪!”那个军官叫道。

士兵毫无表情地朝他逼近。

“混蛋,别开枪,我是旅长!”

这名军官是非常可笑的。我想正是他最后这句话使他立刻就送了命。在一连串子弹的射击声中,他的身体在空中飘了起来,弹在了身后的墙上。

这场内讧一直持续到凌晨的时候才被完全镇压下去。那些躺倒在营帐边的一具具尸体已经让一层厚厚的积雪覆盖住了。

第二天傍晚,我正在帐篷里吃饭,一阵急促的集合哨声在屋外响了起来。我拖着枪赶到帐篷外的空地上时,士兵们已经在雪地上排好了队。我们得到一项紧急命令,师部让我们三个营连夜急行军,迅速赶到黄村,必须在次日黄昏之前将村外河道上的一座断桥重新修好。

黄村距离修林大约有八十里的路程,沿途还必须翻越一座高山。我们还没有弄清楚这次行动的真正意图,就顶着凛冽的风雪出发了。在路上,一名入伍不久的士兵沿途不停地问我为什么要赶到黄村去修桥。我说,也许是在黄村一带激战的部队需要从河上突围。他又问我用什么来搭桥呢?

一个自身很敏感的人绝对受不了另外一个人的敏感,这个士兵所提出的一连串问题也正是我自己希望提出的,它加深了我的烦躁和不安。最后,我很不耐烦地告诉他:等你到了黄村之后,一切就会明白的。

可惜的是,这名士兵没能赶到那里。我们在翻越一座雪山的时候,我听见他突然惊叫了一声,失足滑下了陡峭的山坡。他的身体像一只皮球似的沿着山坡朝山下滚去,随后被高耸的岩石抛了起来,在黑漆漆的山谷里消失不见了。

我们赶到黄村的时候,已是第二天的中午。积雪在阳光下静静地融化着,村里一片寂静。在这里,似乎看不到一点战争的迹象,村民们好像被我们这支突然降临的部队吓呆了,他们在村子里四处奔跑,传播着即将打仗的消息。我们沿着这片荒凉的村庄转悠了半天,除了几丛低矮枯萎的荆棘之外,几乎看不到一棵树。村里的一个老乡告诉我们,要找到搭桥用的树木必须到十几里地之外的山上去砍。

那条河流就在村庄的背后。河道靠岸的地方结着一层薄薄的冰。这条河流在过去的某一个时候曾经遭到炮火的袭击,桥面似乎被炸飞了,只有一些桥桩歪歪斜斜地矗立在急急的水流之中。桥桩上覆盖的积雪还没有化掉。

中午过后，村庄里已经看不到一个人了，为了躲避即将到来的战事，他们正用毛驴和骡子驮着粮食，赶着猪羊朝山区的方向迁徙。我们长时间伫立在河边，对着那条宽阔的河道一筹莫展。

几名军官蹲在河边的沙地上，正在为搭桥这件事激烈地争吵着。其中，一个年轻的军官兴奋地猜测着前方的战事，他说既然直到现在还没有任何动静，既看不到突围的部队，也听不到枪炮声，那就说明战役已经结束，或者我们的部队已经打赢了，因此，搭桥这件事也就毫无意义。另一名军官驳斥说，我们的军团自从前年整编以来就从来没有打过一次胜仗。最后，团长用无可置疑的语调提醒他们：我们现在是在执行师部的命令，前线的胜负之分和我们没有任何关系。他说，虽然我们找不到搭桥所用的树木，老百姓家的门板、床铺总还是现成的。

黄昏很快就降临了。这时，天色忽然转阴，河面上朔风怒号，北风卷起细细的雪尘在空中翻滚着，我们几乎睁不开眼睛。团长将三个营的营长叫到跟前：现在时间已经到了，你们开始下河吧。那三个营长朝身边湍急的河流看了一眼，似乎还想讨价还价，站在原地没有动。团长一着急就把腰里的手枪掏了出来。我看见在河面上冻得瑟瑟发抖的军官开始脱衣服，嘴里小声嘀咕着。不一会儿，我们就像一群被驱赶到河边的鸭子一样,陆陆续续地下了水。刺骨的河水很快就使我的身体麻木了,我们站立的位置恰好是河道的中心。水下是酥软的污泥,河面上水流很急。那扇搁在肩上的门板在水流的冲击下左右摇晃着。

现在依然听不到什么动静,根本就没有任何打仗的迹象。河边的冰在夕阳斜斜的光线下闪耀着细碎的光芒,像是有无数颗针刺在水线上跳动。

我左腿上的两处伤口现在又开始隐隐作痛,但幸好,它们使我总是保持着清醒的意识。河道另一端的几个士兵像是快要支持不住了,他们扛着的一扇门板一连好几次被流水冲走,他们浮着水游过去,将它重新拉了回来。团长吸着烟斗,在河岸的一侧朝远处光溜溜的旷野里张望,不时地看一下手里的怀表。

这次令人费解的架桥行动一直等到月上河面的夜晚才算结束。在返回营地的路上,我们一边往前走,一边议论着这件事。我们营的一个班长一个劲儿地骂娘,诅咒着眼下越来越恶劣的天气。

“我们连夜行军赶到黄村,难道就是为了在冰凉的河水里站上两个钟头?”他抱怨道。

营长嘿嘿地笑了起来:“鬼才知道。也许是司令官要送他的小老婆回城过年,忽然又改了道。”

后来，尽管这件事在军营里议论了很久，可是到最后，也没人能够弄清这件事的真相。不过，事后我们都从这件事上得到了好处。我们每个人都得到了一瓶酒，一枚铜钱大小的军功勋章。这是我从军以来得到的唯一的一枚奖章。

回到营地的第二天晚上，营长约我到城内的澡堂去洗澡。一路上，他显得非常高兴，嘴里不时地哼着小调。我们走到城门边的时候，他突然问我有没有和女人干过那种事，我告诉他我在入伍前就结了婚。他接着又问，除了老婆之外，有没有过其他的女人。我想了想，坦率地回答了他。

小　扣

我们家的桑林在桔麓山下的一处山坳里。我们从江宁迁移到麦村以后的第三年秋天，父亲出钱从一位桑农的手里买下了它。

那些年，我们家的生活还算阔绰，母亲养蚕纯粹是出于她个人的某种嗜好，出于排遣无事可做的郁闷。她将家里最宽敞的一间厢房腾出来做蚕室，从村里的篾匠那里定做了一只又一只蚕匾，然后便一头扎进了她自得其乐的劳作之中。似乎是担心别人分享她的欢乐似的，蚕室里的一切事务，她从不让父亲和其他人过问，只是到了四月份的春天，才支使我们去桔麓山下采摘桑叶。

这年仲春，天空一连几天阴云密布，雨水连连。厢房里的蚕虫在绵绵春雨中饿死了大半，所以，这天天刚放晴，我和小扣就背着竹篓，踩着泥泞不堪的道路，来到了桔麓山下的桑林里。

我们坐在山中的一处树桩上,等待着阳光将桑叶晒干。这个午后的天地是如此之新,漫山遍野的梨花吸饱了雨水,沉甸甸的枝条在风中摇晃,山上冲刷下来的雨水挟带着树叶和红色的泥沙在树篱间哗哗流淌,树上的小鸟叽叽喳喳地啁啾着,拨弄下一些水滴,掉在我的脸上。空气中到处都是松脂和新鲜植物的叶脉散发出来的清香。

我们沉默无言地坐在那块树墩上。暖烘烘的阳光使人昏昏欲睡。我看见在桔麓山下的一条溪流边,一个放牧的老人躺在水边,头上盖着一顶破旧的草帽,看样子已经睡着了。在更远处的一条曲折的小路上,两个过路的行人赶着毛驴,悄无声息地在稀疏的树篱间穿行。我突然感觉到,在这个春天飘满空气的香味中,似乎还隐藏着一种什么味道,它是那样的模糊而遥远,像是早已被我遗忘,又像是一直潜伏在我的腹内。我这样想着,一股转瞬即逝的气流掠过我的心底,流遍了我的肌肤,又突然消失。犹如消逝的光阴一样,我不知道它最终流向了何方。我想再次通过回忆体味它带给我的震颤,但它早已无影无踪,它留下的感觉使我的肠子紧紧地纠缠在了一起。

在小扣一声不吭地站起身来,提着竹篓独自走进桑林的那一刻,我才又一次感觉到它的存在,并且我好像在摇曳的桑葚的枝条上看到了它。整整一个下午,在采桑的时候,我一直在想着这件事。小扣采桑时剪刀发出的“咔咔”声从不远的地方传来，它有时和树上小鸟的啼鸣难以分辨，这种声响使我心烦意乱。我在稠密的桑树林里钻来钻去，却怎么也看不到小扣的身影，当我赶到传来剪刀声响的地方，那种声音又在一个更远的地方响了起来。有时我感到它好像来自四面八方，它使我一度辨不清方向。过了一阵，剪刀的“咔咔”声突然停了下来，也就是在这个时候，我看到了小扣。她正蹲在桑林里的一座坟堆边解手。同时，她也看到了我，我看见她蓦然站起身来，慌慌张张地提起裤子，满面惊骇地看着我。

我朝她走过去，想跟她说些什么。我想告诉她我只是想挨着她，嗅到她身上的气味，它使我感到安全，但怎么也无法启齿。也许是我当时那种近乎无赖的神情使她感到了害怕，她显然误解了我的意思。她双手紧紧地拽住裤子，身体不知不觉地朝后挪动着，最后撞到了一棵桑树上。她当时那种惊慌失措的样子使我立即改变了主意，另一种模糊的念头渐渐占了上风，我意识到我正在做一件我一直想做而从未如愿的事。

“不，不，你不能做这样的事。”小扣的眼泪流了下来。

我闻到了她深藏在腰肢和腿弯里的汗津津的气息，闻到了桑林里棕红色的湿土散发出来的芳香。

她的身体绷得紧紧的，双手牢牢地揪住腰上的布带，她手脚冰凉,气喘吁吁。她的声音越来越小,很快就不再与我为难了。

山坡上的青草地里开着一丛一丛的绣绒花,红红的花朵在风中轻轻颤动,花丛中蜿蜒流过的一条纤细的水线在阳光下闪闪发亮。

在回家的路上,我和小扣一前一后地往回走,始终隔着一段距离。每当我停下来等她,她也随之放慢了速度。当我们快要走到村口的时候,她才在苍茫的暮色中紧走几步赶上了我。她走到我身边,将一只手放在我的肩上,对我说:你不会把这件事告诉别人吧?在得到我肯定的回答之后,她勉强地笑了一下,随后,她贴着我的耳边悄悄地说出了一句使我终生难忘的话。

“是谁教会你干这样的坏事?”

在紧随而来的那个潮湿的夏季,小扣的身影总是混杂着簟席的汗酸味一直伴随着我。那件事情以后,尽管我们有好长一阵子见了面都彼此害羞,而且她常常有意无意地回避我,但是每天我都能在枣梨园井台、阁楼的过道和客厅的饭桌上看到她。

在吃饭的时候,我们的目光常常碰在一起,她的脸一下子就红了起来。她脸上掠过的那种红晕仿佛珍藏着我们之间无人知晓的秘密,它立即使那个四月的下午突然呈现在我的眼前。它是那样的清晰,日复一日,历久弥新,以至于当小扣吃完饭离开饭桌很久之后,它还久久地停留在暗红色的灯光里,滞留在无边无际的空气中。

我时常在想,在小扣的身上,究竟是一种什么东西牵动着我的身心?在我的耄耋之年,小琴的到来和离去总是在我的眼前复现出当年小扣的身影,我留意着她的一举一动,对于过去年月苍老而清新的记忆常常使我禁不住泪流满面。

我似乎感觉到,小扣高出我六七岁的年龄给她带来了一个成熟女人所特有的诱惑力,可在当时,小扣从未想到利用它。一直等到那桩婚事突然降临,她才警醒过来。她曾一遍遍地告诉我,未来的新娘脸上长满了麻子,她至少已经有四十岁了,头顶秃谢,满嘴黄牙。她异想天开的小小诡计尽管在我的身上依旧产生了不小的作用,但在母亲固执己见的严厉态度面前毫无用处。

在那个湿漉漉的季节,我每天都被一种失魂落魄的情绪包围着。我一次次对自己说,我对小扣的欲望是卑下的,令人羞耻的,但这种想法并没有能阻止我越加频繁地拨开她的门扉。每当我悄悄地翻过一道道矮墙,来到她熟睡的床边,她总是重复着那句至少说过五六遍的话:“今天可是最后一次啦。”

可是,真正的最后一次是在一个大雨倾盆的晚上,在屋檐下静谧而遥远的泄水声中,我们躺在床上,怎么也想不出应该说些什么。她柔顺而疯狂地向我展示出她所有的秘密，使得那个雨天的夜晚在我的记忆中留下了深刻的印象。我感到在那种事情上，她并不像我原先想象的那样幼稚、单纯，而是极为熟练，这种印象给我带来了一种莫名其妙的恐惧。

第二天一早，母亲就让九斤和尚将我叫到了她的卧室里。我一看到她当时那副满脸忧容的样子，就猜到她已经知道了我和小扣之间发生的事。

母亲久久地看着我，好像有很多话要跟我说，而一时又不知从何说起。

过了一会儿，她以一种我早就料到的平庸的口吻开始了和我的谈话。

“有些事你不知道，”她看了我一眼，“小扣在辈分上比你大一轮，按照村里的风俗，你还应该叫她姑姑。”

我用鞋底磨蹭着锃亮的螺纹砖，没有吱声。母亲的话尽管不着边际，可是我还是听懂了她话里的全部含义。

“小扣在枣梨园的这些年也挺不容易的，起先是照料你生病的父亲，然后是照料你。”

母亲欲言又止。我不知道她为什么要将父亲牵扯进来。

接下来母亲出人意料地替小扣说了一连串的好话，这类话我是第一次听到，我的脑子里依然保留着母亲将小扣的头朝墙上撞时的情景：墙壁上发出“砰砰”的声音，石灰稀稀拉拉地掉落下来……

最后,母亲又将话题集中到了父亲的身上,我越是害怕,她越是频繁地提到他。我们之间不到半个时辰的谈话在我日后的岁月中留下了这样一个顽固的印象:她利用父亲的可怕幽灵在我和小扣之间划出了一道清晰而深刻的界限。

这条界限终于使我昨夜在小扣卧房里发出的坚定的誓言顷刻之间土崩瓦解。

忍　受

长阳是通往西北边陲的一座重镇。自古以来，它就作为传说中丝绸之路的一个驿站坐落在荒凉的那曲河边。

我们的攻城部队将这座城池围困了整整三个月。突击部队一连四次攻进了城内，又一连四次被对方从城里挤了出来。

在双方形成的拉锯战中，我们所在的那个团又接到了一项特殊的使命。我们奉命扛着锄头和铁锹埋伏在城外那条护城河的河湾里，等到战争中止的间隙（往往是月光下的深夜），去城外开阔的沙砾地里掩埋尸体。攻城战漫长而又残酷，原先的攻城部队已损耗殆尽，后续部队必须源源不断地从外地调来。那些刚刚被招募来的士兵一看到遍地的尸体就会两腿哆嗦，他们往往举着枪在那片沙地上像陀螺一样打着转转，胡乱地打了一阵枪后就走散了，根本挨不到对方的城墙。

负责攻城战役的司令长官为此伤透了脑筋。“死几个人本来不算什么,”这位司令官有一次借着酒兴说道,“不过,这种场面会让敌人笑掉大牙的。”

掩埋尸体的主意是司令部的一个参谋想出来的,他建议道,对于那些胆小怕死的庄稼人来说,最重要的问题是,必须使他们确信:打仗根本不会死人。

这个任务很快就落到了我们三营的身上。在不到一个月的时间里,我们已经将城墙外的沙砾地种麦子似的翻了个遍,那些埋入地下的尸体使这块本来僵死的土地重新恢复了弹性。它像棉胎一样柔软,踩上去晃悠悠的,一些地方不时地冒出几缕腐沤的血水。攻城战一次比一次激烈,尸体也像沙子一样越积越多,我们不得不将那些尸体用毛驴驮着,拉到离城墙很远的水沟里去掩埋。

掩埋尸体的任务并不像我们原先想象的那么简单,它常常使我们累得胳膊脱了臼,还要提防城楼上不时打来的冷枪。最糟糕的难题莫过于那些身负重伤的士兵。有时,我们刚刚将他们在地里埋好,他们就会拱开松软的泥土,像脱壳的蝉蛹一样自己爬了出来,除非我们用大量的泥土将他们压住。可是,在这个荒凉的沙砾地里要找到一撮泥土可真比淘金还难。

长阳城被攻陷的第三天早晨,我在城中的一座由庙宇改建而成的医疗所里又一次见到了仲月楼。

他比以前更瘦弱了,幽暗的脸色像是正被某种病痛折磨着。不过，在我们相处的大部分时间里，他和往常一样沉静，嘴角挂着笑容，时常说一些令人开心的旧事。有时，他也会和我谈到一些相对来说比较严肃的话题，譬如历史、《红楼梦》等等。我们偶尔也下一两盘棋，在静默中打发掉一大段时间。

这天下午我去那座庙宇看他的时候，他正在厅堂里的一张香案上给一个受伤的士兵做手术。看到我进来，仲月楼将嘴上戴着的一只大口罩拉了下来，以便于跟我说话。

那个士兵躺在香案上，半睁着双眼，微微喘息着，看起来伤得不轻。我看见他小腿上的伤口已经化脓了，被子弹击中的绑腿四周，血块已经凝结住了。

仲月楼开始熟练地解下他的绑腿。绑腿的布带每一层都被瘀血和泥浆弄得硬邦邦的，撕开时发出“嗞嗞啦啦”的声音。仲月楼抬头看了我一眼。

“上回在戏院门口碰到的那个女人后来怎么样了？”他说。

“没怎么样。”

“没怎么样是什么意思？”仲月楼慢慢地解着那条绑腿，士兵的腿抽搐得非常厉害的时候，他就停下来，让他喘口气。

“我让她到床上去，她不干，就是这样。”

“给她钱了吗？”

“给了。”

“别那么快地给女人钱。”仲月楼转过脸来对我说，“有时你对她们太好了,她们反而会看轻你的。”

我对这样的话题不感兴趣。我想跟他谈一些别的什么。我想告诉他,几天前在城外护城河边埋掉的那些死人如今缠上了我,我常常在睡梦中看到他们蓝莹莹的脸,看到城墙上挂着的惨白的月亮,营地里一簇簇的篝火,看到那些埋入地下的士兵突然从沙地里伸出手来,我用铁锹将它们砍断,它们随后又雨后春笋般地重新长了出来。

“那可真是一个好女人。”仲月楼说。

他已经将那条绑腿解了下来。他将它拎在手里看了看,随手扔到了桌边的一只装满棉球和肮脏纱布的竹篓里。然后,他让身边的一位护士将那个伤兵的裤子脱掉。护士犹豫了一下,朝桌边走过来。

“你一定是太心急了。”仲月楼对我说。

“也许是吧。”

“你不要一上来就要脱人家的裤子。开始的时候,你要像对付一个小孩似的哄着她,跟她说一些好听的。”

护士费了好大的劲才将那个士兵的裤子脱下来。他光溜溜的小腿靠近腿弯的地方,有一个黑黝黝的洞口,四周的皮肉已经溃烂。屋子里散发着一股难闻的腥臭味。

我听到了熟悉的马蹄声,一行马队从庙宇前空旷的石板地上走过。最前面的那匹马好像受了点轻伤,走起来一瘸一拐的，马蹄敲击着石板，石板连接处的缝隙中冒出一串串淤积的泥水。马上的那些士兵在强烈的阳光下显得无精打采，他们的身体在马背上左右摇晃着，不时抬头朝这边张望。马匹的皮毛黝黑发亮，腿弯里汗涔涔的。

“一上来你要跟她说一些无关紧要的话，”仲月楼接着说，“譬如说说你过去的一些什么事，说说天气，唱戏的戏文什么的，但就是不能说战争，它就像一堆臭狗屎一样，人人听了都会感到腻烦的。另外你在跟她说话的时候，手可不要闲着。”

他一边用棉球给那个士兵的伤口消毒，一边将粘在伤口上的沙粒和草茎用镊子拣出来。尽管仲月楼做得非常细心，那个士兵的腿还是不住地颤抖着。

“然后，你开始摸摸她的小脸、脖子什么的，”仲月楼好像整个身心都沉浸在他讲述的氛围里，“干这种事，你得有耐心才成。要是你开始碰她她就拒绝，你就不要强迫她，停下来，换一个话题跟她聊聊，重要的是，你得让女人在甜言蜜语中失去警惕。”

我对他的讲述越来越感到烦躁，但一时又找不到另外的话题。

仲月楼用棉球擦着手，准备从伤兵的腿里往外取子弹。那个士兵眼看就要支持不住了，他痉挛的身体将香案弄出了一串吱吱嘎嘎的声音。

仲月楼将一把镊子从那处伤洞里伸进去，试着将那枚弹头夹出来，有几次差一点就获得了成功，但每次快要弄出来的时候，弹头又像泥鳅一样滑了进去。仲月楼抬起袖管擦了擦脸上的汗珠，大口大口地喘着气。

“等到女人的身体开始发软，你才可以撩开她的裙子，然后抚摸她。只要你有耐心，女人到最后终会支持不住的。”

仲月楼自言自语地说着。站在一旁的护士好像早就感到不耐烦了。她提醒仲月楼，那个躺在香案上的伤兵说不定已经死了。

仲月楼没有搭理她，而是将目光投向了门外。

太阳已经偏西了。我看见几个僧侣手持念珠，目不斜视地从寺院的一道围墙边并排走过。即便是在战争期间，这座寺院例行的佛事依然没有中止。低沉的鼓声时隐时现地从寺院的深处朝这边传过来，其中夹着肃穆的吟唱和咴咴的马鸣。

躺在香案上的伤兵此时已不再动弹，风从门洞外吹进来，撩起佛像前的一缕缕香灰，在厅堂里弥散开。

“我想他的确已经死了。”仲月楼说。

他犹豫不决地站在那张香案边，好像拿不定主意是否需要将士兵腿里的弹头取出来。过了一会儿，他沮丧地脱下两臂的蓝布袖套，走到门边，在门槛上坐了下来，掏出一根烟斗。

他的手颤抖得很厉害，很久也没有将火点着。

死　亡

我从绵绵的酣睡中醒来,正好是阳光洒满窗前的早晨。有那么一会儿,我的眼睛像是被树胶粘住了,忘了自己身处何地。我感到自己仍然置身于仲月楼的医疗所里,听着他讲述天气,酒,一副棋局,女人。有时,我觉得躺在一只梭子木盆里,在童年飘满槐树花的河流上顺着静静的流水驶入树荫的深处。

枣梨园的衰败、颓圮好像发生在一天夜里,发生在一片遥远的嘈杂声中。透过窗户,我看见一道道断墙,毁坏的亭阁掩映在树木的背后,再往前,就是一片连着一片的成熟的棉铃和晚稻田。在平坦而绚烂的田野里,一棵棵向日葵稀疏地伫立在秋风中,有时,它们和守望庄稼的稻草人难以区分。

院子里树啸阵阵。那些当年栽下的树苗现在长得又高又粗。我已经记不清哪些树木是母亲栽下的,哪些是小扣、杜鹃以及我自己栽下的。我仿佛又一次看到了那些女人,她们站在一棵棵树下,一边用铁锹给树木培土,一边静静地说着话。

每天早晨,我都在仔细地分辨来自村里的各种声音。无论它来自哪个偏远的角落,当它传到我耳边的时候,就变成了一种嗡嗡的喧响。现在,谛听这些声音成了我和外界联系的一种方式。

我是一个将死的人。在村人的眼中,我或许早就死了。几乎对所有的人来说,死亡都是一件令人望而生畏的事,因为他们害怕突然中止的生命会使他们失去尚未经历过的一切乐趣。这种害怕有时还因为人们无法弄清消逝的生命最终归入何处。

这种情形有些类似于在乡村常常可以看到的魔术表演,尽管人们确切地知道魔术师在一开始就设置了一场骗局,但人们还是唯恐遗漏掉这场表演的每一个细节。

在乡间,对死亡的恐惧和拒斥往往包含在一系列令人费解的禁忌之中,这些禁忌又慢慢地演化为一套极为古怪的风俗和礼仪。这种风俗仿佛给死亡划出了一条界线,使人们的行为和语言都受到约束。由此我们便可知道,生死只有一篱之隔,一旦跨越了它,生命的花朵即刻便会凋谢。

现在,我面前的这道藩篱已经被拆开了。死,附着在我的身上,在我的血液中流淌。我每时每刻都能感觉到它的存在。

当我在枣梨园北侧的一间阁楼里昏睡了两天之后，村里的人开始像潮水一样涌进来看我。一批走了，又换成另外一批。在我朦朦胧胧的意识之中，我知道有些人已经来过好几次了。他们轮番从我床头走过，不时地按一下我的脉搏，将我的眼皮翻开来看看，将我的身体摆弄来摆弄去，然后用很有分寸的语调宣布我的死亡。

死了，死了。

死了，死了。

这种语调使人尴尬不安。它既不流露出欣喜，更谈不上悲伤，就像对待一个羁旅他乡的客人一样，既不表示厌烦，也不提出挽留。

如果不是一个乡村医生的出面阻止，他们中的一些人已经提议在适当的时候将我埋葬了。如果说我在过去的年月里曾对某一类人抱有恒定的好感，那就是医生。尽管他的语调依然是冷冰冰的。

在所有那些人中，唯一对我的死真正感到悲伤的是小琴。她的悲伤来自善良的天性和少不更事。通常，一个愿意和垂暮的老人相伴的少女，除了一副菩萨心肠之外，还必须多少有点迟钝。

在母亲的弥留之际，有一次，她突然央人将我叫到了她的病榻前。她告诉我，几天来，她突然想通了一件事。她对我说,她终于明白人在死之前为什么要忍受那么多的痛苦的折磨,这种折磨带来了厌烦,同时也减少了恐惧。任何一个长久地被病痛纠缠的人都会从内心激发起对死亡的好感,就像经由黑夜来到白昼一样。她在跟我表述上面的意思的时候,我看出,她是那样的渴望消失,渴望走入死亡的黑暗之中,就像急急忙忙地要去赶赴一场盛宴一样。

南　下

一九三七年的一天。夜里一直在下雪,我们天不亮就被集合号惊醒了。在列队的时候,士兵们议论纷纷,我感到,又有一件重大的事情突然降临了。

这件事多少带有一点神秘性,因为我们在奉命赶到祁山脚下的亮马河集结的同时,还被命令带上军鼓。一路上风雪弥漫,天空疾速飘过一块块乌云,骑在马上的高级指挥官面容肃穆,荒凉的雪原上到处都是我们行军时发出的沙沙声。

我们刚刚在亮马河边列好队,就看见有人从高高的祁山的北麓翻过山来。起先是一个扛旗子的士兵,他摇摇晃晃地爬上山顶,站在一棵松树下喘息。接着上来的是一个军官模样的人。他挥舞着手里的一支短枪,不时地朝山那边吆喝着什么。不一会儿,我们就看见密密麻麻的军兵出现在山头、山脊和松树林的背后,他们分成几路纵队朝山下走来。

晌午时分,太阳的光线已经使一切都变得清澈无比。我们渐渐地能够清晰地辨别出那些军兵棉袄的颜色,看见他们头上缠着的绷带以及身上的斑斑血迹。他们沿着亮马河的河岸朝这边艰难地走过来。

这些刚刚从战场上撤下来的士兵,一看就是刚刚倒了大霉,他们大都吊着胳膊,瘸着腿,一眼望去,很少能够看到肢体完好的人。这支常年以来一直作为我们对手的强悍之师,曾经使我们的军团闻风丧胆,如今,他们的这副落魄颓丧的样子简直让人感到开心。所以,当他们来到距离我们约有六七十码远的地方,我们还没等上司吹哨,就幸灾乐祸地敲响了军鼓。

但是,我们这种轻松愉快的心情并没有维持多久。司令官很快就宣布了我们两支部队重新整编的命令。

士兵终归是士兵,他们怎么也无法说服自己,眼前的这些曾经一直想要我们性命的死敌怎么会在一夜之间成了我们的兄弟。多少年的仗算是白打了,好像十来年的兵戎相见只是出于一场误会。我们奉命用最隆重的仪式来欢迎他们。凭着一个职业军人的敏感,我意识到在这件事的背后一定还隐藏着一个鲜为人知的重大秘密。

几天之后,我的猜测得到证实:日本人可能会在以后的某一个时间里向中国军队发起大规模进攻。

这个由眼下的这支灰溜溜的部队带来的消息很快就传遍了整个军营，成了那年冬季每天议论的话题。

在接受整编的最初几天，两支军队相处得极为紧张，我们被迫在本来就很拥挤的营帐里给他们腾出地方，把藏在被褥里仅有的一些干粮拿出来与他们分享。这一切加重了彼此的隔膜和敌视，双方还发生了几次小规模的械斗。但是，这种剑拔弩张的氛围很快就烟消云散了，大家终于慢慢学会了相处。

这些初来乍到的军士往昔那种骄气十足、凶残无比的样子一扫而光，在我们的记忆里，他们总是伏在城楼上，端着枪，一梭子一梭子尽朝我们的心口里打。我们渐渐发现他们和我们一样，也是一些可怜虫。他们当中的一些人已经年过半百，胡子拉碴，衣衫蓬乱，有些士兵还在军服的袖口上丢人现眼地绣着老婆的名字，或者在衣兜里随身带着一绺女人的头发，一谈到家乡，就吧嗒吧嗒地掉眼泪。

长官们的相处更为蹊跷。他们之间很少说话，目光中饱含着谨慎和提防。有时，作为一种两支军队已经和解的标志，他们偶尔也会在营帐外的阳光下下一两盘棋。

这一年的夏秋之交，终于传来了日本人大举进犯的消息。虽然我们的部队和关内的日军近在咫尺，但是我们并没有接到任何抵抗的指令，而且奉命南下。

由于担心我们的计划为日军察觉，我们只能昼伏夜行，在开始的几天内，部队推进的速度极为缓慢。我们第一次和日本人交战是在四天之后的一个中午。当时，三十九师的一个团在一条狭窄的山间公路上和正在西撤的一小股日军迎面相遇。整个战事持续了不到一个时辰。无心恋战的日本兵在丢下了五六具尸体和几袋面粉之后，就在山间的树林里消失了。

傍晚的时候，我们来到了一座遭到日军洗劫的村庄。部队刚刚积攒起来的一点士气很快就被山村上空腾起的烟云驱散了。一缕缕淡蓝色的烟雾萦绕在树林的深处，随着越刮越紧的南风向远处播散。村庄仿佛在寂静而滞重的空气中沉睡，稻菽飘香，合欢树在风中摇曳，深巷里传来一两声鸡鸣，这一切给人带来了某种不协调的错觉。

在村头的池塘边，一个下体赤裸的女人躺在树下。两棵树木之间的晾衣绳上挂着几件缀满补丁的衣服，兀自在风中晃动着。衣服的渗水滴滴答答地落在河边的沙地上。树下搁着一只空空荡荡的木盆，一块搓衣板，一根棒槌。可以想见，日本人突然进村的时候，这个女人也许正在树下晾着衣服。

河边的一块稻田里，几个农夫倒伏在空阔的泥水中，远远看上去，好像正忙于收割。

一辆马车沿着池塘的边沿朝这边行驶过来，它走到树下那个女人的尸体边停了下来。赶车的士兵不耐烦地朝我们挥了挥手里的马鞭，示意我们将那个女人搬开。我们把她拖到了一个草垛的边上，顺手在她的身上丢了一把稻草。然后，马车又吱吱嘎嘎地继续往前走。仲月楼坐在车上，不时地回过头来看看那个女人，又看看我，好像要跟我说些什么，又突然打消了念头。

那个女人依旧斜躺在草垛上，手里紧紧地捏着一块花布手绢。她看上去二十来岁，腰上系着一条印花的红色围裙，面色苍白。她脸上痛苦的表情宛如一丝不经意的笑容，嘴角微微上翘，保持着惯常的那种和人说话的口形。傍晚的风吹拂着她腹部的一绺干草，树上的合欢花纷纷掉落下来。

夕阳的余晖正从村里的断墙边退走，而远处金黄色的田野上空，月亮已经升了起来，神秘而沉静的夜色慢慢聚拢过来，逐渐吞噬了一切。

这个浸沐在月光下的躯体和杜鹃是那样的相像，我第一眼看到她的时候，差一点叫出声来。我好像听到了一声尖厉的呼喊，从远处灰蒙蒙的原野上迸发出来，撕裂了苍茫的天空。

从那以后的一连好几个晚上，我躺在初夏敞开的大地上，在营帐顶篷泼剌剌的声响中，夜夜梦见她，梦见她的肢体像炉膛里烧红的树枝一样弯曲着，她的喘息像风箱一样响个不停。在梦中，她的形象一会儿变成了母亲，一会儿变成了小扣，最后是杜鹃。我看见杜鹃正趴在一只木桶上咕咚咕咚地喝水，一个日本兵朝她走了过去，杜鹃回过头来，张开湿漉漉的嘴朝他笑了一下（我以前从未见到她如此粲然的笑容）。随后，她肥大的裤子像灰烬一样被风吹散了……

在令人窒息的战争岁月里，杜鹃长期以来成了我动荡不安的内心唯一的一道屏障，一朵缀满安宁气息的花蕾，我就像一只在花枝上迷了路的昆虫，正急切地寻找道路，渴望重新回到她的花萼之中去。

在南下的途中，我和仲月楼发生了激烈的争吵。当时，我们各自骑着马，一前一后地走在光秃秃的淮南丘陵上。这次争吵现在看来是毫无意义的。我已经记不清和他说了些什么。

在那些日子里，我童年没有真正治愈的忧郁症又犯了。在日本人大举进攻的同时，我郁郁寡欢的外表使仲月楼多少产生了这样的推断：我已经给日本人的枪炮声吓破了胆。他是那样急切地希望说服我，以唤醒我沉睡多年的良知，但是我用一种忧伤的矜持和冷漠默默地回敬了他。

按照一个医生的职责，他没有将自己的心血投入到战时日渐繁忙的医疗事务中去：组织救护队，准备担架，或者从地方上搞到必需的药品。相反，他仿佛突然对战争入了迷，他曾经多次来到我们营地参加实战演习，在不到一个月的时间里就学会了发射重机枪和六〇四钢炮。他身上过去的那种玩世不恭的懒散习性一扫而光。日本人的到来给他的行为赋予了意义,也给他带来了良好的睡眠,他仪表整洁,容光焕发,常常天不亮就起来,来到营地外的一条溪流边,用手术刀刮胡子(而在这之前他从来没有洗脸的习惯),随后,在清晨的集合号声中,跟随作战部队一起出操。

仲月楼身上的这种变化给他过早衰老的躯体重新注入了某种活力,相形之下,随着我们误解的加深,我又只能独自一人去面对我自己的黑夜了。

我们的部队到达通州,已是这一年的十一月份。一个下雨的早晨,我到街市上去买卷烟,在一条阴晦的街角的拐弯处,遇到了一群正在游行的学生。他们手里拿着花花绿绿的三角旗,也许是因为长时间的呼喊口号,他们的嗓子都变哑了。他们的脸绷得紧紧的,由于压抑不住的激动,看上去显得庄严而肃穆。

我嘴里叼着一根卷烟,站在阴雨绵绵的街道上朝他们张望了一阵,他们很快就聚拢过来。其中的一位女学生建议让我发表抗日救亡演说,我略一迟疑,他们就将我簇拥到一家药店门前的露天戏台上。

我刚刚在戏台上站定,街道两边的店铺伙计就拢着袖子穿过细雨,朝这边跑过来,街上的行人和商贩立即被一连串的脚步声吸引住了,他们充满警觉的眼睛朝四下里打量了一下,随后加入了奔跑的人流。

我还是第一次面对这样的场面,随着戏台前的围观者越来越多,我的心也在渐渐下沉。一个学生不知从哪里弄来了一把雨伞,他跳上戏台,一边为我撑开雨伞,一边在我耳边悄悄地说:“当官的,开始吧。”

面对着台下黑压压的在雨中静立的人群,我好像也激动起来,我不假思索地清了清嗓子,朗声说道:

“同胞们……”

这三个字刚刚出口,台下骚乱的人群立刻安静下来,伸长了脖子仰望着我。在这个寂静的瞬间,我同时出现了两个念头:第一,由于这倒霉的三个字,我将不得不进行我所谓的演说了;第二,我对于要说什么却一无所知,我感到我想说的话在肠子里挤来挤去,而脑子里却一片空白。

“同胞们……”

“把烟卷掐了!”

一个粗重的嗓音在台下的人群中响了起来。我马上意识到,在国难当头的时局之下,在众目睽睽之中,一口接着一口地吸着卷烟实在是一种不太适宜的举动。于是,我立即扔掉了嘴里的烟卷。

我注意到,有两个戴着红袖标、梳齐耳短发的女学生正手挽着手站在人群的最前边，她们的脸叫雨水淋得湿漉漉的，正带着笑意默默地注视着我。我是那么渴望能够讲出一些什么话来，可是越着急越找不出话来，女学生的脸慢慢拉长了，原先的期待渐渐地变成了失望和愤怒，眼角上的两道柳叶眉很快竖了起来，薄薄的眼镜片的反光使我不寒而栗。

这时，一个脖子上围着围巾的年轻人跳上台来，开始严肃地质问我。

"当官的，你恨不恨日本人？"

"当然恨。"我立即答道。

"那你为什么不说话？"

"我说什么？"

台下随后发出一阵哄笑。

"他是汉奸！"台下有人喊了一句。

"打倒汉奸！"

我的两腿不由自主地颤抖起来。我们由于长期供给不足，本来身上穿得就少，现在叫雨一淋，让冷风一吹，身体便开始瑟瑟打抖，怎么也无法控制。我越紧张，颤抖得越是厉害，显露出一副心怀鬼胎的样子，到后来，我自己都疑心自己是不是汉奸，就像我当真做出了什么见不得人的事情。

我们的部队来到江南平原的一条细长的河道边，突然停了下来。一个传令的骑兵带来了上海沦陷的消息。他告诉我们,日本人距离我们的部队只有不到三天的路程。长途跋涉带来的疲劳使他刚刚说完这些话就昏厥了过去,那匹枣红色的战马咴咴地叫着,四蹄刨动着脚下深棕色的泥土。

眼下正是隆冬季节,天空一会儿下起小雨,一会儿又阳光高照。在河道的对岸广阔的平原上,隐伏着一带破败的村落,那就是东驿。不过部队没有进村,而是沿着河边扎下了营帐。不久之后,我们就接到了在这一带和日军作战的命令,以阻止他们扑向南京。过了一天,从沪淞战场上撤下来的部队与我们会合,使我们的人马一下增加了两倍。

很快,有消息传来,南京方面准备固守城池,并在镇江、高资、六合一线布下重兵,以确保南京的安全。整个战役将由一个名叫唐生智的将军负责指挥。

这一消息立即稳定了军心,并且使那个以前名不见经传的唐生智成了士兵们盲目崇拜的英雄。事实上,在一个月之后,当我身负重伤,躺在东驿村中的一间磨坊里,听说南京战役刚刚打响,唐生智就已乘火车逃至徐州时,我的眼前还残留着这位将军在高高的城墙下身先士卒的幻影。

在这个没有遮拦的旷野驻防,我们几乎找不到任何屏障,最后,我们只好挖起了战壕。战壕刚刚挖到一半,战役就打响了。

那天早上，雾下得很大，营地的篝火还没有熄灭。我们正坐在战壕边的一簇紫穗槐树边上，准备吃饭。炊事班的班长，一个围着布裙、拿着木勺的老兵走到那口沸腾的火锅边，正准备给我们分稀粥，我看见他的身体突然僵立不动了。他的眼睛睁得很大，朝前踉踉跄跄地走了几步，一头栽倒在麦地里。紧接着，我们听到了子弹在寒冷的气流里穿过时凄厉的呼啸声，有几颗子弹打中了架在木柴上的那口铁锅，锅内的稀粥从洞里汩汩流出。

日本人开始进攻了。我们回到战壕，在灰蒙蒙的雾气之中，我们起先什么也看不见。等到太阳的火球从落光了叶子的树林里升起来，浓雾渐渐散开的间隙，我们终于看见了日本人匍匐在地平线上的屎黄色的军服。他们密密麻麻地排列在远处，一眼望不到边际，增援部队依然源源不断地蜂拥而来。

晌午过后，日本人发动了第一次攻击。在炮火的掩护下，他们弓着腰一步一步朝我们的阵地逼过来。一行马队在开阔的麦地里来往穿梭着，由于夜里刚刚下过雨，马蹄有些打滑。炮弹和火箭弹爆炸后形成的气浪扑面而来，双方密集的子弹像蜜蜂一样嗡嗡地叫着。空气中可以同时感受到硝烟、早晨清新的空气的气息以及太阳的温暖。

我身边的一个士兵筛糠似的哆嗦着，嘴里咕咕囔囔地说着什么。他在很长的时间里一枪没放，在战壕里走来走去，从一个掩蔽体走到另一个掩蔽体，最后，他的焦躁不安终于引起了正在一边用望远镜察看敌情的师长的注意。师长一声不吭地走到他的身边，在他的肚子上开了一枪，那个士兵立刻就跪了下来，双手抱住了师长的大腿。

这个士兵的怯懦终于使师长恼羞成怒，并促使他下达了死守阵地的命令。我知道，恐惧是一种远比死亡可怕的东西。虽然在战争中死亡会随时降临，但我依然感到一阵战栗，因为我并不是从一开始就准备好死于这个特定的时刻，死于这个午后温暖的阳光之下。

日本人的进攻一直持续到这天深夜。天空又一次下起了雨雪，炮弹在空中飞过时曳出的通红的火光照亮了斜斜的雨幕。我们的防线开始溃散了。

我在凉飕飕的旷野上边打边退，最后来到了河边的一块红苕地里。田地中淤满了泥水，泥泞不堪，这时我感到自己的腿像是被石头砸了一下，我的眼前一阵模糊，旷野里腾起的火光一会儿明亮清澈，一会儿又漆黑如鸦。枪弹声从我身边嘘溜溜地飞过，显得越来越远。在我倒在地里的一刹那，我感到天空中有无数的蝙蝠在翩然飞动。我想起我有很长时间没有拉过屎了……

我躺在红苕地里，保持着一种浅显的知觉。我感到一匹又一匹马从我的身上踏过，河边的流水哗哗作响。我好像是在水面上漂浮,顺着激流飘向远处,水草、岩石和树木不时擦过我的肌肤,我的身体正在湍急的水流中渐渐下沉。我的耳畔传来什么人的说话声,他们在窃窃私语,其中的一个人好像是仲月楼,又像是我的父亲,更像我自己。

我张开嘴,准备喊上一两句,可是发不出任何声音。不知过了多少时间,我感到日本人已经过来了,他们举着火把,马匹的皮毛在火光中黝黑发亮。我的头上湿乎乎的,也许这时候雨已经下大了,也许是一个日本人或者别的什么人正冲着我的脑袋撒尿。

我醒来的时候,已经是第二天的中午。太阳紫红色的光线灼痛了我的眼球,在一道道模糊不清的背景中,我隐隐约约地感到一个女人正朝我走过来,她一边走,一边朝四下里张望,好像是在走近我,又像是正在走远。

我怎么也想不起来自己此时正置身于何处,想不起昨天发生的事,甚至,过去的记忆也突然中断了。一些晦暗的人影在我眼前浮现出来,但我看不清他们的脸。与此同时,一个女人的脸庞却清晰地出现在我的记忆之中,就像一束豁亮的光线突然闪动了一下。我不知道自己为什么会想起她,而我原先一直以为,我早已将她忘记了。

花　儿

我清楚地记得那些花朵。那些粉红色、白色和杏黄色的小花从墙头的藤蔓上垂挂下来，盛开在篱笆的缝隙中，它们堆满在枣梨园和桔麓山梨树的枝头，簇拥在杏树、桃树的叶脉之中。

天空是那样的遥远，四月的阳光从屋顶明瓦的玻璃中照射进来，在那些排满窗前的花盆四周跳荡。我听见母亲的裙子在阁楼上窸窸窣窣地响着，震动着凝固的空气，一股阴郁气息在半明半暗的房间里飘浮。

母亲斜靠在窗前，不时把目光投向窗外。院中的树木已经长出新枝，花瓣像雪片一样在风中无声无息地坠落，青青的野草在树荫中摇动。院子外面空空荡荡的，父亲还没有回来。

母亲说，那些萎黄的花儿像人一样可怜。她受不了它们开败时的样子。在我们来到麦村的最初几个月里，她纤细而敏感的嗅觉总是日复一日地经受着花香的折磨。那些花朵好像具有某种生命，在她的梦中，它们排着长队，招摇着从妓馆和戏院潮湿的门洞里走出来，来到她的床头。

母亲告诉我，每采摘一朵晚茶花就要打碎一只瓷瓶。等到她用锄头将院中的这种野生的花儿全部除尽，我就只能一个人悄悄地溜到河边的树丛里去观赏它。

我久久地注视着那些缠绕在树干上的蓝色的花朵——它们攀缘在青藤的枝条上，像茄花和蚕豆花一样瘦小、柔软，承担不了一只蜜蜂的重量。

我在想，当我躺在东驿村外的河边，在昏昏沉沉的寂静中等待死亡的时候，为什么会在眼前突然浮现出花儿的面容？我一遍遍地默念着她的名字，默念着她谦卑而温暖的笑容，我感到身体的疼痛慢慢消散了。

我想到，虽然我从未有勇气和她说话，她的年龄几乎整整大我一倍，可是，在我的内心深处，我是那样的眷念着她——花儿一声不响地领着我，穿过她那间颓圮的院子。成群的蜜蜂在树丛中发出喧响，我们绕过一排排蜂箱，来到了她的房中。

她的房间里弥漫着那个春天特有的香味，透过窗纸的阳光将屋子映照得红彤彤的。花儿带着我走到她的床边，地板发出一阵吱吱的叫声。她一边铺着床，一边跟我说着话，可是我却听不见她的声音，她的指甲在被褥丝质的绸面上划过，她的脸上依然是笑盈盈的，就和出嫁的那天从轿子里走出来时一模一样，她的笑容既腼腆，又放荡。

我在脱衣服的时候，腰上的襟扣怎么也解不开。随后，花儿转过身来，走到我身边，我闻到了她平静的呼吸的气息，闻到了户外空气的馨香。

我迷迷糊糊地钻进了被褥，我的头在松软的枕头里越陷越深，花儿的肢体紧紧地挨着我。我清晰地听到她的丈夫，一个整天依偎在桃树下的瘫子传来的咳嗽声。我的手一遍遍地抚摸着锦缎的被面，突然感到了一阵莫名其妙的忧伤，眼泪不知不觉地流淌出来。

花儿的喘息声越来越响，渐渐化为一阵流水的呜咽。

东　驿

我听到了那颗子弹落在瓷盆里的声音。然后洗手时，弹头和指甲在盆壁上留下令人心颤的声响。

一盏油灯模糊不清的光亮在空气中扩展，聚拢，不久就消失了。

我清醒过来的时候，意识到自己是躺在一间磨坊里。房子低矮而歪斜，仿佛随时都会倒下来。我看见屋顶用泥巴糊着的苇秆上结满了蜘蛛网。屋子中间是一架双层的磨盘。一头黄牛卧伏在墙角，反刍着稻草。屋子的一角堆满了大大小小的瓦罐和米坛。空气显得湿漉漉的，掺和着新鲜豆浆和腐沤的豆渣的气味。

一个女人背对着我，她穿着一件蓝布褂子，脑后盘着一个高高的发髻。她正坐在门槛上剥着畚箕里的扁豆。在她边上不远的地方，一个老人斜靠在门边的一堆干草上，一口接着一口地吸着烟锅。

现在天已经快亮了。清晨的风摇动着屋外的干树枝，掀动着屋里的一条打满补丁的门帘。那个女人站起身来，吹灭了墙上挂着的一盏油灯，起先屋里一片漆黑，过了一会儿，亮光就从灰蒙蒙的窗口透了进来。

躺在干草堆上的那个老人也许就是刚才为我治伤的那位医生。他嘿嘿地笑着，将一只光溜溜的脚板伸到了女人的胸前，随后，又用脚丫碰了碰她的脸，女人冷不防哆嗦了一下，随即抬起胳膊将它挡开了。

“你把这个军人弄到磨坊里来，就不怕日本人？”老人说。

“日本人不是去打南京了吗？”

“打完南京，人家还要踅回来的，别说南京，整个中国都是人家的。”

女人也许感到有些害怕，她沉默一会儿，叹了口气：“到头来，谁当皇帝还不是一个样儿？”

“话可不能这么说，人家日本人当了皇帝，我们不就成了亡国奴了？”

女人不再说什么。老人慢慢地朝她挪过来，他伸手抓住了那个女人的胳膊，她连着挣脱了几次，就不再动弹了。

“那个军人会醒过来的。”女人回头瞥了我一眼。

“他说不定早就死了。”

女人猛然站起身来:“你刚才已经把他弄死啦?”

老人又嘿嘿地笑了起来:“我刚才要是弄死他那就好了,省得以后给你惹麻烦。”

我看见老人这时已经将那个女人的裤腰带解了下来,将它叼在嘴里,然后一把捋下了她的裤子。

那个女人好像已经感到不耐烦了:“要来你就快点,等会儿玉绣就该醒过来了。”

玉绣是她的女儿,在通向里屋的布帘第一次被掀开的时候,我就看到了她。那时,老人已经走了,她的母亲依然坐在门边剥着扁豆。

玉绣长得又瘦又黑,身上的衣服好像很不合身,这使她没事总爱往上拽着衣襟。她头发稀少,眼睛中没有一丝光泽,也许正被什么疾病纠缠着。

在接下来的这个春天,我陆陆续续地听到了不少有关她的传闻。村里的一个老人告诉我,他曾先后替玉绣接过三次生,头两次孩子刚刚落地就死了,最后一次差一点使玉绣丧命。她经历的第一个男人是一个渔夫。在一个早春的三月,这个来自外村的渔夫将她骗到河边的一个小树林里,用一套粗野的花言巧语打开了她贞节的大门。后来,村里的两个财主看上了她,在那个寒冷的冬天,随着一筐一筐的黄豆和木炭往她母亲的磨坊里送,玉绣就一次次轮流替他们暖被窝。最后，一个过路的木匠迷上了她。这个沉默寡言的手艺人在东驿做完了活计却借故迟迟不走，把辛辛苦苦积攒起来的一点钱财全部留在了磨坊里。临走的时候，他连刨锯和锤子都卖掉了。

随着岁月的风霜在她脸上刻下一道道沟纹，玉绣也像是一件用坏的器具渐渐被人遗忘。人们宁愿把她往昔的容貌描述得楚楚动人，用略带辛酸的口吻回忆起她的嘴唇、手臂以及富有弹性的躯体。

在东驿养伤的那些日子里，我常常看到村里的妇女在井边和玉绣开玩笑：玉绣，那个木匠又来了，他正在村头给人家修锅盖哩。或者说：玉绣，胡东家捎信让你去一趟。我看见玉绣在井栏边搓着衣服的手突然停了下来，可怜巴巴地朝四下里张望，那些女人就咯咯地笑开了。

一九五二年，我在一张旧报纸上看到，东驿作为这个省区十一个有待改造的村落之一，进驻了工作队。报纸以整版的篇幅介绍了这个妓女村经受改造的前前后后。在这篇报道的左上角，刊登了一幅照片：几个年老的妇女目光呆滞，并排坐在一道矮墙之下，神情沮丧，身体颓朽；与此作为对照，报纸右下角的一幅照片却迥然不同，一群穿着花格子衬衣的少女面露笑容，英姿勃发。

夏天湿漉漉的风越过沉寂的旷野，吹到这个孤零零的村庄的时候，我的伤差不多已经养好了。我渐渐熟悉了东驿的一切，那些长得歪歪扭扭的楝树，深棕色的沙土，村里随处可见的石井楠，也熟悉了那些挂在女人嘴边的轻浮而大胆的笑容。

即使是日本人到来后，这个村庄神秘的静谧依然一如往昔。村里的农民显得慵懒而闲适，很少照料地里的庄稼，游手好闲的男人成天叼着烟锅，背着手在村中阴暗的巷子里转来转去。妇女们好像从来就没有睡够过似的，脸上疲惫不堪，她们常常趿着木拖，哈欠连天地来到河边的树荫下乘凉。

事实上，在很久之前，东驿人的懒惰和放荡早就享有盛名。人们猜测，这座荒凉的村庄本身就是由一批最先迁居来这里的妓女繁衍而成的，这些妓女或者是来自百里之外的秦淮河畔，或者来自一江之隔的虞山脚下。她们身上浮糜的习性并没有由于迁徙而得以消除，相反，多年沉积下来的放浪的品性却像传说一样越播越远。这些传说吸引来了一批又一批的手艺人，木匠、铜匠、补锅匠，还有一些贩卖烟草和茶叶的商人。这些人千里迢迢赶来只是为了印证一下那些离奇的传闻，求得一夜鱼水之欢。他们当中的一些人后来永久地在这里居留下来，生儿育女。

东驿的兴盛使得邻近的一些村庄显得惴惴不安。由于担心传染上那里淫荡的风尚，它们和东驿虽然近在咫尺，却也从不交往。如果因为赶路而不得不经过东驿，人们也总是绕着道儿远远地避开它。

可是，东驿的气氛对我的伤痛来说却正好适宜。在磨盘转动时发出的吱吱嘎嘎的声响中，我夜夜都睡得很香甜。有时，我一觉醒来，太阳已经升得很高了，除了磨盘熟悉的转动声和屋外小鸟的啁啾之外，听不到其他任何动静。

在雪花飘飞的冬天，我一连几次准备离开东驿，打听返回麦村的路途。但是随着这种愿望日渐迫切，我对这里的留恋也与日俱增。犹如炒熟的稗籽所唤起的睡眠的欲望一样，我感到，这个村里似乎有一种无法言表的东西在深深地吸引着我。

在日本人攻打南京城的时候，东驿成了日军的一个后方医院。那些日子，我每天都能看到几个身穿白大褂的日本军医从村里的祠堂中进进出出。那些日本人并不像传说中那样可怕，有一个军医甚至还给了村里泥水匠的儿子几颗日本糖果。

又过了一些日子，躲藏在外的最后一批妇女回到了村里，井台边又传来了那些女人叽叽喳喳的说笑声。随着一个又一个伤员由马车运到这里，那些忙忙碌碌的军医一时无暇顾及这些女人，这一切使这个村庄维持着一种反常的宁静。

胡蝶是在一天黄昏悄悄回到东驿的。我看见一辆马车停靠在那座深宅的大院门前。胡蝶从车上下来的时候，她的身影让马车和几棵高大的树木遮住了。树冠在风中窸窣颤动，叶片纷纷坠落。我的眼前依旧保留着当初第一次看到她时的情景，在午后炽烈的光线之下，她站在门前的一棵树下，朝河道的对岸引颈四望。她矜持、孤傲而又忧伤的目光伴随着那天下午遥远的天空在我的记忆中被固定了下来。

磨坊中的女人告诉我，在东驿，除了胡蝶之外，几乎找不出一个像样的女人。她在说这番话的时候，语调中充满了对胡蝶的艳羡和嫉妒。实际上，胡蝶的贞节和清高早就成了村中绝大多数放荡女人的一块心病。尽管胡蝶从来没有和她们说过一句话，可是她的存在本身就是对她们的一种嘲笑，她们为此而嫉恨她，用只有女人才会想出来的最恶毒的话来诅咒她。由于胡家煊赫的权势，这种嫉恨和诅咒慢慢就变成了一种绝望之中的等待。

东驿女人所盼望的这个时刻终于迅速地来到了，那是第二年的麦收时节。那时，驻扎在东驿的最后一批日本军医也已撤离了这里。留守在江南的日军除了偶尔到这里来征集粮食外，平常很少过江。

这一天，村里突然传出胡蝶要结婚的消息，这个消息给村中那些女人提供了报复的机会。在东驿，已经有很长的时间没有举办过婚事了,女人们总是随随便便地从一个个不知姓名的过往商人身上留下生儿育女的种子,结婚这种仪式在她们看来不仅毫无必要,而且像季节的反常一样让人感到不习惯。

玉绣听到这个消息的时候,正坐在磨坊里,将一张豆渣饼往嘴里塞。她的母亲在一旁扎着鞋底,不时地抬头看她一两眼。

“今天胡家办喜事,刚才胡公祠差人来请吃饭,你去不去?”

“不去。”

“干吗不去?”

玉绣愣了一下,随即说道:“我才不到那个婊子家去吃饭呢。”

她的母亲低下头,费了好半天的劲才没让自己笑出声来。

这一天,尽管从凌晨开始,鞭炮和锣鼓就喧嚷不息,但整个婚礼就像丧事一样冷冷清清。胡家在村中的祠堂里摆满了酒席,可是除了几个贪杯的酒鬼之外,前去赴宴的人寥寥无几。家家户户房门紧闭,巷子里几乎看不到一个行人。

这天中午,胡家大院的门楣上一连几次被人刷上了粪便。很快,这场尴尬的婚礼就在村中一片死寂的气氛中草草收场了,就像发生了什么见不得人的事情一样,天还没黑,胡家大院的两扇大门便早早地关上了。

随着黑夜的降临，这桩婚事所带来的阴影并没有最终消除。这天深夜，我已经躺在磨坊里一张草褥上睡着了，磨坊里的女人突然点着油灯从里屋闪了出来。我听见屋外一阵阵的狂风从屋檐下刮过，一场滂沱大雨看起来已经下了很久了。雨水从窗户里打进来，在磨坊的地上积了一层亮汪汪的水潭。

女人往怀里掖了掖衣服，走到窗户边朝外看了看，将耳朵贴在窗口。

"谁在哭?"她问我。

我听出那好像是胡蝶的声音。它隐隐约约地从空旷的原野上传过来，在屋外烂树叶上响起的沙沙声中，听上去很不真切。

"那个婊子一定是疯了。"玉绣从里屋走了出来，她一边揉着眼睛一边侧耳细听。很快，她那张萎黄的脸上就显露出一种压抑不住的兴奋，睡意全无。

"鸭子在岸上待得久了，就是下不了水。"那个女人叹了口气，说道。

这时我们听到屋外响起了一片哗啦哗啦的蹚水声，一道暗红色的光亮在窗口闪了一下，女人拉开门，一股冷风蹿了进来，吹乱了床头的稻草，差一点将油灯吹灭了。我看见几个家佣模样的人提着灯笼，在齐踝深的水中往树林里走远了。

这个晚上的后半夜，我躺在磨坊的草褥上一直没有睡着。母女俩在里屋叽叽喳喳地小声议论着什么。屋外的雨下得更大了，一道道闪电从窗口掠过，照亮了窗外的树林。

第二天一早雨就停了。晌午的时候，地上的积水渐渐退走，泥泞的道路还没有被太阳晒干，胡蝶又像往常一样出现在村里。她穿着一件颜色鲜艳的旗袍，和一个穿马甲的男人手挽着手，一路说笑着，从村里阳光明媚的晒场边上走过。

正当村里纷纷流传着胡蝶发疯的闲言时，她的突然出现使那些妒火中烧的女人惊得目瞪口呆。她孤傲、锋利的目光一如往昔，好像昨夜什么事也没有发生似的。

我依然为胡蝶感到担心。我把她的出现仅仅看成是一种仪式，一种桀骜不驯的故作姿态。我在想，在东驿这样的地方，她的卓尔不群似乎只给自己留下了最后一条路，那就是疯狂。

不知从什么时候开始，玉绣的眼神变得躲躲闪闪的。她整天忧心忡忡的，好像为什么事情感到了为难。她和东驿的其他女人一样，在大部分的时间里，脸色明朗而麻木，给人一种无忧无虑的错觉。

一天下午，磨坊里的女人一边做着针线，一边跟我聊起了她的女儿。富有经验的女人总是将她们的智慧体现在语言上，她们几乎是不着边际地东拉西扯，她们所要表达的真正意图往往还没有说出口，你就早已明白了一切。她絮絮叨叨地说着话，不时地用针捋一捋头发，沉浸在未来的梦想之中，好像我和她那个瘦骨伶仃的女儿已经儿女成行。我漫不经心地和她搭讪着，心里却在盘算着等到伤势完全复原的时候逃离这个地方。

玉绣总是形影不离地跟着我。她显然已经服从了母亲的安排，只是在这件事情上，她既不流露出喜悦，也不表示悲伤。

一天晚上，玉绣突然来到了我的床铺前。我醒过来的时候，不知道她已在我身边站了多久。她那一排雪白的牙齿在黑暗中闪着白光，我感到她犹豫不决地在我的床前走来走去。将衣服的纽扣解开，又重新系上。最后，她终于脱去了衣服，一丝不挂地钻到了我的身边。我感到她的躯体像一只被风吹干的辣椒，她身上每一个凸出的骨节都使我不舒服。

她的身体哆哆嗦嗦地颤抖着，我有些不知所措。好在她那天也许太累了，不一会儿，我就听到了她轻微的鼾声，牙齿咯咯地磨动着，发出一种老鼠厮打般的可怕的声音。

第二天，玉绣给我往田头送水，神情很不自在，她将水罐搁在离我很远的一块坡地上，就一声不响地走开了。晚上吃饭的时候，她那青绿色的脸颊由于害羞而泛起了一层淡淡的红晕，在灯光的映照之下，突然变得生动起来。她不时地在扒饭的间隙看我一眼，使我心头悠然一震。

在以后的几天里，玉绣不再像先前那样紧紧地跟着我，即使我们在村头的巷子里迎面相遇，她也是低头快步走开。

这天中午，她们母女俩不知为什么事在里屋争吵起来，隔壁传来了碗盆在地上摔碎的声音。随后，她们争吵的声音越来越大，很快就扭打在一起。不一会儿，她们就各自拽着对方的衣服从里屋打到了磨坊里。那个女人手里拎着一只布鞋，踮着脚，将玉绣追得围着磨盘转来转去。

"打死我我也不去和他睡了。"玉绣叫道。

"你这个婊子养的，不睡觉怎么能生下孩子来？"

"你才是婊子养的呢，要睡你去跟他睡好了。"

"你妈这棵树老了，挂不住果了。"

"那你当初怎么没跟那个弹棉花的弄出十个八个儿子来？"

那个女人突然站住了，她尴尬地看了我一眼，泪水扑簌簌地掉落下来。

当天晚上，玉绣又一次来到了我的床边。一连几天的阴雨使我腿上的枪伤隐隐作痛。当玉绣泪流满面地蜷缩在我身边的时候，我并不知道这是我最后一次和她待在一起。整整一个晚上，我都被难熬的疼痛折磨着。我在昏昏沉沉的睡意中，感到玉绣的身体紧紧地挨着我，泪水将我的衣服弄得湿乎乎的。她的身体翻来覆去，她像个孩子似的不时用胳膊捅捅我，然后又用指甲挠一挠我的后背，随后，我听见她哭哭啼啼地和我说着话。那声音听上去既模糊又真切，它好像来自一个遥远的什么地方，伴着嘤嘤的哭声。

我想起了那个寂静的午后。那是我们迁居到麦村的第二年春天。母亲躺在树荫下的一张藤椅上沉沉入睡。敞开的院门外，我看见运河的岸边阳光如风，几个皮肤黝黑的小孩在河边的一只旧船上嬉戏。蜜蜂在花枝间飞来飞去，好像阳光中到处都布满了那种嗡嗡的声响。这个陌生而又空旷的院落散发出来的一种静静的忧伤在空气中飘荡。

我站在一只小木凳上，看着熟睡中的母亲，盼望她醒过来。我拉动她的手臂，拧她的鼻子，抚弄她手腕上的一只红红的手镯，怎么也无法将她弄醒。过了一会儿，一种无法说清的寂寞使我悄悄地哭了起来。

我的哭声惊动了父亲。他从书房里走了出来，无声无息地来到我的身边，将一只手搭在我的头上（我反而哭得更厉害了），然后将母亲推醒。

"你知道他为什么哭得这样伤心？"父亲问。

"我也不知道，也许他是给什么事情吓着了。"母亲答道。

她从椅子上坐了起来，掏出手绢替我擦掉眼泪。我感到她也许早就醒过来了，只是没有搭理我。

“我在梦中就听到他在哭，就是醒不过来。”母亲说。

父亲转过身来看着我，他的目光中含有一种温和的询问的意味。我立即就止住了哭声，心里突然感到畅快起来。

第二天的早晨，玉绣的尸体从磨坊外的一块水塘里浮了起来，她的肚子像鼓面一样凸出，眼睛半睁着，依旧是往昔那副既腼腆又放荡的样子。

小　琴

在东驿不到两年的时间，成了我在晚境之中默默回忆的一个部分。那些招摇的女人就像开过头的花朵，仿佛从未有过含苞欲放的勃勃生机，它轻浮而俗艳，在日晒雨淋中褪色，在季节的更替中静静枯萎。

现在，雪又开始下了起来。墙上的一只挂钟嘀嘀嗒嗒地响着，发出一种金属敲击时特有的清晰而悦耳的声音。我心脏的跳动渐渐跟不上它的节奏。它跳得非常慢，好像随时都会停下来，只是凭借一种惯性在跳动，我感觉到，它的发条也许被锈住了。

我站在窗口，在飞舞的雪片之中，又一次看到了小琴。她裹着一件草绿色的军大衣，站在巷子口的屋檐下。她的边上是一个卖爆米花的老人，他拉着风箱，摇动着转锅，不时地停下来，看一看转锅上钟表的刻度。

村子西边的一条大路边,一个电工正在电线杆上接线,他腰里绑着工具袋,在肆虐的风雪中,我总是担心他会从那架高高的线架上摔下来。

这个接线员的身影使我想起了一件事。我和杜鹃被人从枣梨园赶出来的那年冬天,村里家家户户都安上了有线广播,而我们居住的那间木屋却一片死寂。杜鹃一连几次让村里的电工给安一只喇叭,电工推说广播线拉过来不方便,这件事就这样搁置下来了。可是杜鹃却在心里一直记挂着广播的事。这年的元旦,杜鹃去集市上卖兔毛。当她踩着封冻的积雪,回到家里的时候,天已经完全黑了下来。我看见她怀里抱着一个用头巾裹着的东西,上面的积雪还没有化掉。杜鹃喜滋滋地把它放在桌上,将头巾打开,我发现那是一架半导体收音机。

杜鹃对于无线电知识的极度匮乏使她怎么也无法弄清收音机里的声音来自何处。但是,我们对这件新奇的事物所产生的兴趣并没有维持很久,当天晚上八点钟,一年一度的元旦社论给我们带来了一个令人不安的消息。从我们听到这个消息到我被押上一辆前往越河劳改农场的囚车,前后只隔了不到三个月的时间。

杜鹃的迷信使她固执地认为,我的不幸正是她从集市上买回来的这架收音机带来的。在以后的许多年里,一直到她去世前夕,这架收音机都被锁在一只存放衣服的木箱里。

我又一次打开这架收音机,里面传出一片嗞嗞拉拉的声音。我想起电池也许快用完了,就将它退出来,放到炉子上去烘。我曾几次嘱咐小琴替我买两节新电池,可是她每次都将这事给忘了。

现在,小琴来的次数一天比一天少了。原先她每天都来,甚至一天中来上好几回,我常常跟她说一些我过去的事,尽管她并不总是在听。后来变成了两天一次,到了冬天,她来我这里的次数就更少了,因为她送来的食物放多长时间也不会变馊,我可以连着吃上好几天。

我早已习惯了每天早上躺在床上谛听她的脚步声,后来的这种变化使我一度难以适应。更为糟糕的是,有时她明明没来,可我却分明听到了她熟悉的脚步声,它将我吸引到窗口,拉开窗帘朝阁楼下张望;相反,她突然到来的时候,我往往错过时机而处在一种昏昏沉沉的睡意之中。

随着小琴的每次到来,她的身上也呈现出一些不同于往常的细微的变化。她的服装更为艳丽,神色更为矜持,她的个子在迅速地长高,上翘的嘴唇的曲线趋向丰厚而柔和。

我总是忘掉小琴的年龄,尽管她已向我重复过多次。我常常把不知如何打发的时间用来推算她的年龄,依照一个固定不变的方式:小扣——她的奶奶——母亲——小琴。这种无聊而简单的数学游戏常常使我累得筋疲力尽。由于眼下的这场风雪和以往的没有什么不同,我常常在时间的感觉上感到差错。比如说,我往往将小琴和记忆中的小扣混淆起来,但仔细端详,这两张脸还是略有差别:小琴的脸颊更为简洁,明朗,更加符合分寸,和小扣的相比,它就像一只古老的家具被省掉了多余的部分。

我开始习惯小琴的缄默不语。她脸上的那种不耐烦的表情使我又一次看出,她讨厌我房里的这股老人的气息。

她在我房里待的时间越来越短,与此相应,我在睡眠中对她的印象却越来越顽固而深刻。有一次,她在给我收拾床铺的时候突然对我说,也许过不了多久,她就不能到这里来照料我了。我问她为什么,她怕我耳背听不清,就提高了嗓门:

“告诉你你也不懂。”

我终于听到她用这种语气跟我说话了。这是我既害怕又期待的,因为它听上去虽然刺耳,却显得真实。

胡　蝶

一九三九年的清明节,日军的一个小分队在通往宁化的公路上遭到了共产党游击队的袭击。

这场小规模的冲突是在半夜里进行的,双方在公路边都撂下了二十来具尸体。袭击的地点离东驿只有一里之遥,因此,那天晚上,东驿的大部分居民都听到了枪声。那时,人们都处于仲春诱人的睡梦中。村东的一个酒鬼半夜里爬起来呕吐,看到了村外树林里星星点点的火光。当时,他其实不知道发生了什么事,当他趁着月光朝家里走的时候,一颗流弹在他家的门上穿了一个洞,他这时才感觉到害怕。整整一个晚上,他是蜷缩在床下度过的。

第二天早上,当他哆哆嗦嗦地向村里的人描述昨晚看到的情景时,他的头上依旧覆盖着蜘蛛网。除了几个老人和一群孩子之外,村里的大多数人并没有对酒鬼的讲述产生什么兴趣。在那些精于世道的老人感到一种潜在的不安的同时，那些小孩早就成群结队地赶到出事地点去寻找子弹壳了。

凭着一种军人的敏感，我感到情况有些不妙。在这一点上，胡公祠，当时东驿的地方维持会的会长表现出了令人吃惊的警觉。虽然我来到东驿之后，我们从未说过话，他还是在出事后的第二天中午将我叫到了他的家中。

他竭力控制住内心的不安和焦虑，一面让着茶，一面在一些无关紧要的小事上寒暄起来。这个老于世故的乡绅说起话来拐弯抹角，一会儿说他拥护抗日，担任维持会长只不过出于无奈，一会儿又大骂游击队：狗拉屎也知道找处墙角，这些狗娘养的游击队吃我的粮食，用我捐的钱买了枪，打起仗来也不知道选个地方。

我们在说话的那会儿，胡蝶偶尔过来给我们倒杯茶，我当时完全被她的身影吸引住了，以至于我在离开胡家大院很久之后，依然保持着一种半睡半醒的状态。

那时，磨坊中的那个女人已经被玉绣的死弄得疯疯癫癫的，我常常看见她头发蓬乱地坐在河边，呆呆地看着河水发愣。她一遍遍地对从那儿经过的每一个人轻声细语：快看，看哪，玉绣从河那边漂过来了……

日本人突然从村外的一个坡谷中闪出来的时候，她正拎着一只玉绣生前穿过的绣花鞋在墓地和村子之间的田野上来来回回地转悠。她看到日本人的马队在一处桑林边出现后，起先是愣了一下，随后，日本人的子弹就从她身边嘘嘘飞过，溅起了河里的朵朵水花。她的精神失常似乎在顷刻之间就痊愈了，她扔掉了手中的那只鞋子，没命地朝村子的方向惊叫着跑过来：

“日本人杀人啦！”

她刚刚跑到村头，一排子弹就从身后击中了她，她的身体被弹到了一棵槐树上。

日本人进村的那会儿，村里的几个小孩正在河边的树林里用弹弓打鸟，这一次，日本人没有再给他们吃糖果，而是在马匹掠过的同时，用刺刀将他们挑起来，挂在了树上。

日本人突然进村，使胡公祠猝不及防。但是，他在更早一些的时候就得到了消息。当马队扬起尘土朝胡家大院围过来的那一刻，他正指挥着一帮家佣将猪圈里养着的几头大肥猪拖出来犒赏皇军。村里除了几个女人的哭喊声之外，到处都回荡着嗷嗷的猪叫。

一个日本军官从马上跳下来。他似乎对簇拥在胡家大院门前的那些肥猪感到迷惑不解，他径直走到正在一旁嘿嘿讪笑着的胡东家身边，脱下手套，在他那干瘦的脸上啪啪扇了两个耳光。胡公祠当时的模样事后想起来总让人感到多少有些滑稽。他脸上歪斜的笑容使人容易误以为他挨了两巴掌以后还显得乐不可支。

那种古怪的笑容一直持续到傍晚时分才从胡公祠的脸上彻底消失。日本人将村里所有的人都驱赶到晒场上,并在晒场边架起了机枪。我所处的位置刚好在一个鸭棚的边上,紧挨着一个浑身战栗的妇女。那个女人牙齿咔嘣咔嘣地响着,一连放了好几个屁。很快,一个日本兵从人群中挤进来,一声不吭地将她拉了出去。紧接着又有几个女人被拖到了晒场的中央。

一个日本人来到胡蝶面前的时候,胡蝶正挽着她父亲的胳膊。日本兵拉动她,她的一只手紧紧地拽着胡公祠的一片衣角。这个场面使胡公祠感到了为难。胡蝶的手拽得那样紧,以至于她被日本兵拉出去的同时,胡公祠也连带着被拖了出去。恼羞成怒的日本兵立刻伸手去腰里拔枪,这个胆怯的维持会长见势不妙,便自己动手将女儿拽住他衣角的那只手给掰开了。这时,胡公祠的第二房姨太太,也就是胡蝶的母亲表现出了女人令人惊异的勇敢。她哭叫着扑到了正站在一边发愣的日本翻译官跟前,声泪俱下:救救我的女儿,救救她!她的个子长得高,看上去像个大人了,其实她还是个孩子呢……

日本翻译官身体朝后挪了挪,没有搭理她。一个日本兵朝二姨太走了过去,揪起她的衣领看了看,随即在她的腰上插了一刀。这个女人的身体渐渐瘫软下来,日本兵扯掉了她的衣服。

胡公祠犹豫不决地将女儿的手掰开的那一刻,他没有想得更多。那时,这个昔日威风凛凛的乡绅遇到了一个大难题。这个难题甚至超出了他想象力的范围。可是,对他来说,灾难远未平息。一个日本兵跨上他女儿身体的同时,另一个日本兵则揪住了他的头发,使他在闭上眼睛的一刹那,在女儿的叫喊声中,目睹了正在发生的一切。

傍晚,日本人的马蹄声在村外阴沉沉的树林里消失了。村里的人依然站立在晒场边的蒙蒙细雨之中。我看见胡蝶赤裸着身体从地上站起来,光溜溜的腿上粘满了干瘪的稻壳和烂泥,头发让雨水淋得湿乎乎的。她的母亲躺在一尊碌碡的边上,她的脸被翻卷的旗袍遮盖着。胡蝶一声不响地走到母亲的身边,将她抱起来一步一顿地朝胡家大院走去。她走得非常慢,不时地摔倒在泥地上,所有的人都在一边静静地看着她,一条黑狗摇着尾巴,跟在她的身后,嗅闻着地上的血迹。

胡蝶将母亲的尸体放在床头,随后在被褥上砸碎了一只罩灯,点上了火。几名家佣慌慌张张赶来,胡蝶的身躯已经被火光染红了。几天之后,当那几个家佣向人们回忆起那天晚上看到的一幕时,目光呆滞的脸上还残留着一丝羞怯。

在绵绵细雨中,火越烧越大,浓烟在村庄的上空翻滚着,顺着风向飘向远方,明亮的火焰将那座古老的宅第衬得通明透亮。几个家佣到河边拎水灭火的时候,胡公祠一声不响地拦住了他们。

“让它烧吧。”他自言自语地说。

胡公祠像一棵树一样久久站立在雨中,仿佛还没有从刚才的灾难中回过神来。这场大火似乎煽起了河边的那些女人压抑不住的激情,她们看着瓦楞上空越蹿越高的火苗,痛痛快快地放声大哭。

胡蝶的丈夫,那个长胡子的男人就是趁着连成一片的哭声悄悄离开东驿的。

大火一直持续到第二天中午才最终熄灭,村外那条河道上飘满灰烬。起先,村里的人们都以为胡蝶早已葬身火海,几天之后,当双目失明的胡蝶第一次出现在村里的巷口,人们都吓了一跳。她像一个老人一样拄着竹杖,试探着路面,走到了四月的阳光下。那场大火烧光了她的头发,她就在头上裹了一条蓝布方巾,脸上和脖子上留下了一片灰褐色的焦斑。

她一边往前走,一边朝四下里张望,有时她会莫名其妙地突然停下来,辨别着周围的动静。她充满警觉的神情使我不禁联想到一年前我在河边看到她的那个下午。我似乎感觉到这两个午后的阳光是那样的相似,同时又互为因果。

在这个多雨的季节,我常常看见胡公祠突然衰老的身影在房舍的废墟中转悠,他不时在阳光下翻看自己的双手,神情木然,怅然若失。这场突如其来的灾难使东驿的女人和胡蝶之间积年的仇隙顿时化为乌有。村里的木匠和瓦匠很快就在村西的树林里搭了一座草屋,给这对父女栖身,女人们悄悄地给他们送来了食物和衣服。

过了几天,胡蝶的一个姨妈从城里来到了东驿。她除了捎来了一些钱财和布帛之外,还带来了一个中年男子。当这位慈眉善目的女人拐弯抹角地提出让胡蝶再次结婚时,胡蝶的回答使在场的人都不敢相信自己的耳朵。

"如果一定要让我结婚,我只会嫁给一个人,那就是我的父亲。"

她当时说出的这句话使我在以后的岁月中一直感到迷惑不解。我不知道这句话是一种疯癫的信号,还是对她早已后悔不迭的父亲的一种讽刺。我猜想,胡公祠当时和我一样不甚了了。胡蝶的这句话立即使他像一个孩子似的号啕大哭起来。

这个孤独的老人带着一生都无法洗清的耻辱在一天黎明悄悄地离开了东驿,从此以后一去不返。

在我回到麦村的第二年秋天,我见到过他一次。他沿着一条棉花地中的小路步履蹒跚地朝村子走来。那时,他的头发全白了,他怀里挟着一顶破旧的草帽,手里拿着一只碗钵,挨家挨户,沿路乞讨。

麦　村

那年秋天，当我沿着一条由卖狗皮膏药的老人所指明的道路返回麦村的时候，我并不知道行走的是一条错误的路线。实际上，麦村和东驿之间只有三天不到的路程。在一九五四年出版的共和国省区地图上，这两个地方的距离还不及一支香烟的一半。

我在那片沟壑纵横的丘陵上行走了七天七夜，还差一点迷了路。最后，当我登上高高的马脊山，从空旷的阡陌之中寻找道路的时候，我终于从一条湍急的河流边发现了那条当年迁徙的路径，看到了为了躲避战火而栖身的那处打谷场。我试图从刚劲的秋风中辨认出当时那顶在绵绵春风中摇摇晃晃的轿子，辨认出母亲熟睡之中的脸颊，岁月的沧桑使我禁不住泪流满面。

我是在中午炽烈的阳光下回到麦村的。我拐过桔麓山苍翠的南陲,那座破败不堪的村落一下子就映入了我的眼帘。运河边一垄一垄的烟草长势茂盛,沿着河滩迤逦远去,成熟的棉铃在阳光下随风摇曳。我走过那条运河上的木桥,闻到了村里茶水房里飘来的木炭和煤渣的香味。

枣梨园空空荡荡的,那些枣树和梨树的枝条在风中琅琅作响。园中菜畦边围着一圈新竹的篱笆,上面爬满了藤蔓,花朵已经开败了。蚕房的门紧紧关闭着,我看见它的门槛被深深的野草埋住了。几只小鸡在草丛中悠闲地觅食。

一切都保持着往昔的氛围,平静,安逸,略带一点清冷。

仲月楼

我和仲月楼在南京保卫战中失散后，他随着南下的部队去了武汉。武汉失陷后，他又匆匆忙忙赶往重庆。他在鄂北的一次战役中受了伤，这次负伤使他失去了一只耳朵，它给我们后来的见面带来了最初的话题。

从日本人的到来至战争结束，仲月楼经历了他漫长一生中最为明朗而光辉的日子。日本人的到来煽起了他长年郁积难解的体内的激情，并使他晦暝而颓废的生命得到了拯救。在这场长达七八年之久的战争中，他那过于敏感、充满警觉的大脑过早地退化了。他再也用不着替外界和自身进行思考，用不着去判断、辨别、选择。或者说他再也不愿意沿袭从前的那条让人左右为难的道路了，为此，他得到了机会。

没有什么比仅凭惯性生活更使人感到惬意的了，但是，他所找到的这条道路并没有给他带来一劳永逸的安宁，日本人的撤走并不意味着他心目中访麻问菊的乡居生活的开始，想象中的链条再一次被切断。随后的三年国内战争又重新将他置于一个对他来说极为可笑的境地，历史上最为著名的淮海战役还差一点让他发了疯。后来，当我们终于有机会坐在麦村的茶馆里喝茶的时候，他提起这场战役依然流露出一种迷惑不解的伤感：真是奇怪，国民党那么多的部队，那么精良的装备，死活就是打不赢。

蒋介石向台湾溃逃的前夕，作为一名征战多年的老兵，他已晋升上校军衔。由于这个出身兽医的农民对地理以及空间知识的极度匮乏，他对蒋介石采取的这一“愚蠢”的举动发出了自我欣赏般的嘲笑：解放军连长江都跨过去了，那条像肠子一样细的台湾海峡怎么能够守得住？

正是因为这个原因，他固执地留了下来，在一九四九年广西山区的一次起义中，成了解放军的俘虏。

但是，以神秘莫测的方式向前推进的历史又一次无情地嘲弄了他。退守孤岛的国民党居然在台湾一待就是许多年，而且还神差鬼使地造成了经济上空前的繁荣。一直等到仲月楼的骸骨被埋入坟墓，坟堆上的青草长到一人多高的时候，时间依旧在戏弄他。

八十年代中期，那些当年在侵华战争中不可一世的日军后裔，换了一副模样来到这里，在这一带兴办了规模巨大的养鸡场。那些对昔日纷飞的战火记忆犹新的老人总是赶不上时代的步伐,他们怎么也弄不明白:这些远道而来的日本人来到这里不是为了杀人放火,掠掳妇女,而是千里迢迢赶来替我们养鸡。

这些日本人在谈起昔日的那场战争时,语调既轻松又幽默:并不是因为我们比别的军队更为残酷,而是因为战争本来就是残酷的。

解放以后的第二年,仲月楼回到了水杨庄,度过了一段短暂的闲居时光。他在村里当了一个时期的赤脚医生,这一职务使他不仅获得了优裕、清闲的生活,甚至还受到了人们普遍的尊敬。但是好景不长,一年夏天,他在给大队副书记的老婆接生时出了一起模棱两可的医疗事故,不久就被免去了赤脚医生的职务,改由一个刚刚从公社卫生院调来的女青年充任。当时,水杨庄没有什么人注意到他,村里的人总是将他当作一个和蔼可亲、精明强干的江北佬。因此除了生孩子之外,凡是女人会的他都会:比如筛谷子啦,结毛线啦,扎鞋底什么的。有时,女人在编织上遇到难题,还上门向他求教。

可是,随后的一件偶然发生的事使他这种单调而闲适的生活也彻底葬送了。

这年冬天的一个深夜,几个在水库大坝上巡逻的基干民兵在水杨庄的上空发现了几枚红色信号弹。当时,盘踞在台湾的国民党正通过无线电广播叫嚣反攻大陆,那几枚不明来由的信号弹立即引起了基干民兵的警惕。他们一方面用手摇电话机向公社武装部做了汇报,同时连夜组织了大搜查。

最后,他们将搜索的范围缩小到了包括仲月楼的住宅在内的几间民房四周。

当时,仲月楼正躺在床上呼呼大睡,基干民兵撞开他的门,像一阵风似的闪了进来,仲月楼在凛冽的寒风中,面对着身背步枪的武装民兵,立即从睡梦中醒了过来。这个智力和判断力都在走下坡路的退役军人也许突然意识到自己的好日子已经到头了。他穿着短裤,赤着脚,半睡半醒地从床上下来,扑通一声跪倒在地上:我有罪,我坦白……

后来,红色信号弹事件很快被查实为由于几个外乡来的亲戚从城里捎来焰火而引起的误会。这件事最终不了了之。但是,那些在这件事情上遭到挫折的基干民兵却对仲月楼的发现如获至宝。为此,他们得到了上级机关的嘉奖,而仲月楼,这个潜伏多年的阶级敌人被抓获的消息立刻被登上了省报。

从那以后,仲月楼的日子过得更为艰难了。他身上往常的那种幽默的举止和言谈也荡然无存。他除了例行的批斗和游街之外,还有一些个人生活的自由,在那段时间里,他依靠自己的聪明才智很快学会了有些年轻人一辈子都难以学会的各种手艺：拉大锯，砌灶墙，染布，种植蓖麻，修钢笔，自制用来给小学生描红的红墨水……

我在战后第一次见到仲月楼是在一九六六年的春天，也就是我从越河劳改农场获释后的第二天。当时，他是以一个剃头匠的面目在麦村的村头出现的。

那天下午，我正在村外的运河水利工地上挖土方。小扣推着一辆装满面粉的小车绕道来到了工地上。她一边用脖子上的毛巾擦着脸上的汗珠，一边不安地朝四下里打量。她告诉我，有一个外村来的人正在村头四处打听我的住处。我知道，小扣当时脸上慌乱的神情不是因为那个外乡人的到来，而是因为她的丈夫，一个瘸腿的泥水匠，正站在村中一家新造民房的脚手架上朝这边张望。

我来到村中的一块池塘边上，在一片杨树林里见到了仲月楼。那时，他正在给一个小孩剃头。

那个小孩两眼直勾勾地盯着仲月楼手中的剃刀，缩着脖子，目光中流露出极大的恐惧。我注意到他的头皮上被剃刀划破的地方已经渗出了一丝血迹。

在经过一阵令人难堪的沉默之后，我们的谈话是从他那只被弹片削掉的耳朵说起的。随后又很快过渡到女人身上。那些回忆和想象之中的女人引发出了一个又一个话题，它迅速打消了我们多年不见的隔阂。同时，它使我随后产生了这样一个幻觉：在了无生气的阳光和雨水的背景之上，我们的谈话多年来一直延续至今。岁月在他脸上留下的痕迹比我想象的还要深刻，他的身体如同一具蚕蛹褪下的空洞的壳，衰朽不堪，弱不禁风。

仲月楼告诉我，他的妻子一直不相信他的耳朵是在战争中失去的，她认为实际的情形应该是：在北碚城内一家妓院里，他乖张的行为激怒了一名妓女，在厮打的过程中，那个女人将他的一只耳朵咬了下来。

“我当时并不明白她的话只是一种借口。”仲月楼飞快地瞟了我一眼。

“什么借口？”

“女人的借口，或者说一种信号。”

我还是没有弄明白他的意思。

他的叙述显得语无伦次，时间在一九三六年冬和现实之间来回跳跃。一九三六年冬天，我在他的战时救护所里第一次见到他的妻子，她当时正坐在门边的一张竹椅上专心地修剪着指甲，偶尔用眼角瞥我一下。那是一个沉闷的中午，门外阳光如织，一行行马队拖着疲惫不堪的影子从窗下掠过。马蹄敲击着石板，发出铮铮的声响。在他们的身后，远处的一带森林苍翠如黛。

那个女人看上去只有十五六岁，充满忧伤的眼睛盯着门前被阳光拉长的影子发愣。空气是滞重而静谧的，屋里弥漫着药棉和酒精令人不安的气息。她和仲月楼好像为什么事刚刚争吵过，整整一个下午，仲月楼都显得怏怏不乐，好像这个女人给他带来的仅仅是一种痛苦的折磨。

仲月楼支支吾吾地跟我讲起了他的妻子。一方面，他是那样急于宣泄心中沉积的痛苦，同时，讲述本身又使他意识到了深深的耻辱，这仿佛使他遇到了一个难题。

他告诉我，他的妻子在五十年代末前后替他生下了两个孩子。这个跟随他多年的女人好像在一夜之间就丧失了所有的耐心，她压抑多年的放荡的欲望使她终于失去了检束和控制。

“我再也受不了啦。”她常常在梦中这样叫道。

紧随着她的放荡而来的是一种女人异想天开的愚蠢。在她与仲月楼之间一次次形同虚设的温存之后，这个时常深夜不归的女人费尽心机地迫使仲月楼相信：这两个孩子无疑都是他的骨肉。作为一名医生，仲月楼在接受这一欺骗中的事实时遇到了空前的困难。尽管他的良知使他还不至于背叛医学常识，但对那两个在他身边活蹦乱跳的孩子，他还是尽到了一名父亲的职责。随着时间的推移，两个小孩的脸上渐渐显露出村里农机站长和拖拉机手的轮廓。尤其糟糕的是，农机站长一只眼睛大，一只眼睛小，而他的儿子却是一只眼睛小，一只眼睛大。

“还有什么比婚姻更无聊的吗?”仲月楼手里拿着一把剪刀,看了我一眼。

一直处于担惊受怕之中的那个小孩被仲月楼蹩脚的手艺弄得战战兢兢,仲月楼的这句话使他立刻不假思索地回答道:

“没有。”

仲月楼随后开心地笑了起来。

“世上从来就没有什么贞洁的女人。”仲月楼像是自我安慰般地说道,“她们好比埋藏在地下的财宝,有些人守住了贞操并不是她们愿意这么做,而是人们没有将她们开采出来。”

仲月楼是在那天黄昏离开麦村的,当时,运河工地上的农民已经收工回家了,他们扛着锄头和铁锹,在一杆红旗的指引下,一路说笑着朝村子的方向走来。从河堤下不断涌出的人流很快就将仲月楼瘦弱的身影遮住了。

在麦村,我第二次见到仲月楼是在一九六七年的夏天。我在被押往邻村批斗的游行途中遇到了突然降临的暴雨。

那天下午,我们的队伍走到桔麓山下的一条狭窄的小路上,和一支由南面走来的游行队伍迎面相遇。大概是游行的组织者为到底应该谁给谁让路发生了争执,麦村革委会的宋主任佩戴着红臂章,手里提着一只铅皮喇叭在人群中挤来挤去，最后，队伍最前面的几个人动手和对方打了起来，我被人彻底地晾在了一边。大雨就是在这个时候下起来的。

天空中翻卷起一道一道的乌云，在隆隆的雷声中，像是要将天上所有的雨水都倾泻下来。我看见道路两旁的树木在风中狂舞着枝条，一杆杆红旗发出泼剌剌的声响。

在暴雨初降的一刹那，一些妇女想起了晾晒在外面的衣物和谷子，开始朝村子的方向狂奔，另外一些人则纷纷逃到附近池塘边的一个黄瓜棚里去避雨。这时，我看见了仲月楼。他孤零零地站在田埂上，劈面而来的斜斜的雨点使他睁不开眼睛。

不过，这次我们谁都没有说话。无边的雨幕将池塘砸得坑坑洼洼，在秧田和棉花地的上空腾起一团烟雾。一杆倒伏的旗帜裹满污泥和粪渍横亘在我们之间的水洼里。

暴雨过后，火辣辣的太阳再一次从云层中露出脸来，那些在瓜棚和树下躲雨的人再一次朝我们走过来。也许是在刚才躲雨的时候他们彼此之间达成了和解与默契，宋主任很快决定，两支游行队伍合拢在一处，到麦村小学的操场上去开会。

麦村小学的校舍是由原先运河南岸的一座祠堂改建而成的，我记忆之中的白墙青瓦现在变成了一律的灰褐色，只有墙头和瓦楞上的青草依旧呈现出往昔的样子。祠堂东侧的一块玉米地被开辟出来做了操场。操场边的两道粉墙上用红漆刷成的一幅标语已经在风霜雪雨中褪了色。

我们沿着稻穗之中的田垄朝那里走过去的时候，我感到自己仿佛走在了几十年之前的老路上。那天清晨，父亲第一次带我去看徐复观先生。那时的天地如此清新，河道上轻雾弥漫，芦荻飘香，道路上的草丛里一丛丛的草莓和浆果沾满了露水，阳光隔着树篱的雾气照射过来，变幻着缤纷的颜色。小鸟叽叽喳喳地叫着，它们的声音清脆，嘹亮，带着浓浓的湿气。我们走上了那座运河的木桥，听到了流水淙淙的声响，河道上的船只在薄雾中行走，桅杆的帆布哗哗啦啦落下，像一群鸽子扑棱着翅膀，在天空中飞远了。

这个古老的画面一直滞留在我的记忆之中，受到了梦境的浸润，在不安的睡眠中悄悄生长。

我们来到那座祠堂前，操场上的雨水还没有被太阳晒干，到处都是污泥、霉烂的稻草和牛粪。我看见小扣拎着一只铅桶从祠堂的一间侧门里走了出来，去井台边打水。她当时在麦村小学的食堂里烧饭，供应那些民办教师的一日三餐。她似乎在跨出门槛的一刹那就看到了我，不过，当她拎着满满一桶水斜着身体从我边上经过时，却装出一副没有看到我的样子。

接下来出现在操场上的是衰老不堪的徐复观校长，他拄着一根拐杖，戴着一副老式眼镜，在祠堂前石狮旁正和一个年轻的女教师说着话。也许是徐复观说起了一件开心的事,那个女教师不时用手拢一拢齐耳的短发,笑得腰都弯了下来。徐复观有一次带领一帮学生做新编的广播体操时闪了腰,因为,他的身体始终像墓碑一样挺得笔直。

一群小学生手里拿着小板凳,沉默不语地从那道拱门里走了出来,他们身边跟着一位神情肃穆的中年妇女,她手里握着一杆长长的教鞭,不时地朝那些走散了队形的学生敲上一两下。

当村里的男女老幼从竹林和房舍中闪现出来,朝学校操场走来的时候,太阳已经西斜了。透过运河岸边那排稀疏的树丛,我看见了杜鹃,她正端着一只木盆从池塘的码头上走上来,她用手遮住眼前耀眼的光线,朝这边张望。然后,她将一条粉红色的被面抖开,晾在树林中的一根绳子上,将它的皱褶拽平。这时,两个女人端着凳子走到了她身边,和杜鹃说起了什么话,同时用手朝这边指指点点。

杜 鹃

女人们总是像那些流动不息的水流，随着盛水的器皿的形状不断改变着原先的样子，而在习惯上，我们总是错误地将她们看成是一成不变的，好像一块玲珑剔透的冰，在任何季节都不会消融。这种错觉犹如我们在大部分事物之中产生的自以为是的情感一样，只是一种虚妄的信念。

一九三九年的秋天，当我从东驿返回麦村，在枣梨园再一次见到杜鹃的时候，我怎么也想象不出她原先的样子，我在长年的军营生涯中积攒起来的想象和记忆很快就得到了现实的修正。

她像是刚刚从黄豆地里锄草回来，蓝布头帕上缀满了露水和豆叶。她倚着门框站着，静静地打量着我。在那一刻，我猜想她一定是以为自己走错了家门。那张没有修饰过的脸像泥土一样自然，却混杂着各种复杂的表情：揣度，疑惑，震惊，不知所措或另外一些其他的念头。

不过，她很快就认出了我。她的脸上没有马上显露出喜悦，也没有表示悲伤，只是吃惊地看着我。我们初见面的那种令人难堪的气氛维持了很长的时间，它让我感到沮丧，脑子里一片空白。我的记忆在沉睡，甚至连欲念都被一块石头压着，唯独血液在肌肤下流淌得很快。这个诚实的女人一声不响地从我的身边走过，然后独自来到院里的一棵掉光了叶子的梨树下蹲了下来，随后发出了一种呕吐般的哭声。这种古怪而苍凉的哭声我还是第一次从她身上听到，它一直延续到当天的深夜。

我躺在阁楼的床上，在朦朦胧胧的睡意之中，我看见她站在一架木梯上，将橱顶的木箱打开，把我以前在家时穿过的衣服一件件地挑出来。陈年的樟木的香气从屋子的每一个角落散发出来。我青年时穿过的衣服现在大多显得又短又小。整整一个晚上，我都看见她在桌前将那些衣服摆弄来摆弄去，将它们裁开，缝合。最后，用暖水袋将它们的边角熨平。

在绵延的寂静中，我一直能够通过湿润的空气感觉到她的存在。有一次，我感觉到她冰凉的身体紧挨着我躺下，可是第二天黎明我醒来的时候，又看见她两眼泪汪汪地坐在桌边，看着即将熄灭的油灯发愣。过了一会儿，我听到了房门被轻轻拨开的声音，她的脚步穿过厅堂，走进厨房，随后碗盆磕碰时发出的清脆的声响就朝这边传过来。

在刚刚回到麦村的那些日子里,我几乎每天都处在昏昏沉沉的睡意中。慢慢地,我发现杜鹃的身上产生了一种细微而深刻的变化。她身上原先的那种沉着而坚定的品性已经荡然无存,在怅然若失的表情之下,她变得多疑、犹豫和胆小。有时,她袖套上明明插着好几枚缝衣针,可她仍翻箱倒柜地去寻找它。她去外乡赶集的路上常常忘了带钱而中途踅回。有一次,她在炖一锅羊肉的时候,将锅底都烧穿了。

她像往常一样很少说话,即便偶尔说些什么也是一副心不在焉的样子,好像脑子里同时转动着好几个念头。那些突然出现的念头会使她整整一个下午坐在窗前发愣。后来,她似乎也对我们长久的沉默不语感到了不安,她在做针线的时候,就怂恿我讲一些军营的故事给她听。我说着说着,她就靠在椅子上睡着了,随后,她又猛地一下醒过来,并用胳膊捅我一下,让我接着讲下去。

"我现在的梦的确不灵了。"有一次,杜鹃突然对我说。那天晚上,我们早早地就在床上躺下了。她告诉我,有一年村里发大水,她在梦中看到我的尸体从运河的上游漂过来,漂到枣梨园附近的河面上就停住了。我的身上尽是子弹的窟窿,不断地往外冒着血水。"我当时想你一定是被人用枪打死了。"

杜鹃说到这里,像是想起了另一件事,她转过身来。

“你在外面这么些年,没和什么女人睡过觉吧?”

“没有。”

“真的没有?”

“没有。”

我不知道她为什么突然想起来问这件事,也许她只是随便问问,没有什么特别的用意。有那么一阵子,她的眼神是静止的,盯着窗户,一动不动,想着她自己的心事。

我回到麦村的那一年,小扣三十七岁。她现在搬到枣梨园后院母亲原先待过的那幢阁楼里去住了。她的屋子紧挨着父亲的书房。经过一两次小修,房梁被抬高了,窗棂换上了新木,已经不是原先的样子了。

一天上午,从外地来的一个货郎手摇铃铛,挑着一副花花绿绿的货担来到了村里。担子上挂满了颜色不一的风铃、泥哨和一串串竹蛇。他的到来立即招引来了一批嬉闹的孩子,有时候,村里的妇女也会从他那儿买一些做女红用的丝线、针扣什么的。

那个货郎将担子歇在河边的枯树丛里,敲起了饼锣。他好像心事不放在买卖上,倒像是一个看风水的先生那样向村里东张西望。

那时,杜鹃正坐在门槛上拔鸡毛,她悄悄地告诉我,那个货郎是一个地下党。

“是不是共产党?”我问她。

“不是,是地下党。”

“地下党是怎么回事?”

“你在外面混了那么些年,连地下党也没有听说过吗?我来告诉你,地下党就是躲在地洞里的那帮人。村里茶房的伙计老是把他们说成新四军,其实就是地下党。他们像夜猫子一样,白天躺在洞里睡大觉,晚上就出来四处活动。”杜鹃静静地说。她抬头看了我一眼,又接着说道:“这些都是我自己想出来的,说不定也不是这么回事,不过,他们到了春天的时候,常常到村子里来征粮。”

这时,我看见小扣怀里抱着一捧刚刚从货郎那买来的绒线,远远地朝这里走过来,她一边走,一边在阳光下喜滋滋地翻看着怀里的那团绒线。

“他们怎么征粮?”我问杜鹃。

“让宋村长挨家挨户去收呗。”

“宋村长是谁?”

“就是宋癞子。”

小扣这时已经走到了我们跟前。她将那串绒线挂在廊下的一根竹钩上晒着,正准备往后院走,杜鹃把她叫住了。

小扣看上去和以前完全换了一个人。我在枣梨园第一次看见她的时候,差一点没将她认出来。她的头上盘着一顶高高的发髻,那张瘦弱的脸被一阵阵北风吹得红扑扑的。杜鹃将她叫住后,却又想不出什么话来跟她说,因此,有好一会儿,我们都被那种尴尬的气氛弄得不知所措。

一个冬天接着一个冬天,那个衣衫褴褛的货郎来了又走,时间像滤指的流水一样飞快地从我们身边掠过,转眼之间又到了下雪的日子。那一年的雪比往常我们遇见的哪一年的都要大,齐腰深的积雪将河边的矮树丛都埋住了,一连几天,灰黄的云层压得很低,烟囱里的炊烟都无法排散,它像一张被面似的悬铺在村舍瓦楞的上空。

那些日子,我和杜鹃整天找不到话说。房间里生了两只火炉,可我们的身体仍在不停地打抖,村里的人和我们一样,大家都很少出来串门,憋足了力气等待天晴的日子。

在几年之前,杜鹃就一直跟我嘀咕着想要个孩子,可是,到了这年的冬天,她在这件事情上似乎完全失去了信心。我曾不止一次地看见她一丝不挂地站在穿衣镜前察看她那扁平的肚子,拨弄着自己渐渐下垂的乳房。她去河边洗菜的时候,盯着河滩上的那群孩子一看就是好半天。有一次,她不知从什么地方悄悄弄来了一些草药,可是那些草药除了使她的身体一会儿变冷一会儿发热之外,并没有什么效果。

这个冬天的深夜,我刚刚在床上睡着,杜鹃就将我推醒了。

“你还是到小扣那边去睡吧。”她对我说。

我昏昏沉沉地醒过来，看着瓦缝中渗进来的一片片雪花，好像依然沉浸在睡梦的边缘。

“反正你跟她也不是头一回了，”杜鹃接着说，“趁着她现在还年轻，你也许还能生个一男半女的，再往后，她那棵树也结不出果子来了。”

我是在这年的春末搬到后院去住的。到了秋天枣树飘香的季节，小扣快要临产了。那个外地货郎手摇铃铛又一次来到了麦村。杜鹃跟着叮叮当当的铃声走遍了全村，最后才在一个番薯地窖的边上追上了他。她从货郎那儿买来了两件小褂裤，一双绣花虎鞋，一顶兔毛的圆顶帽。

那些天，小扣的房里不时传来一阵阵撕裂心肺的叫喊，这种叫声惊动了左邻右舍。接生婆踮着小脚来了又走，小孩落地的时候，正好是重阳节的黎明，杜鹃为小扣换下了最后一张被汗水浸湿的床单，小扣在一阵痛苦的痉挛之后，产下了一胞死胎。

小扣是在一个月后的秋末突然离开枣梨园的。当时，地里的棉花已经熟透，院子里到处都飘散着红枣酸溜溜的气息，她的悄然出走和她初次来到枣梨园差不多是同一个时节。

临走前的那天晚上，小扣将水缸里的水挑满了，把屋前屋后扫了个遍，连第二天早上做饭的米都淘好了。这天早上，杜鹃想起床铺上的稻草该换上新的了，她就去后院叫小扣，她一连叫了几声都没人答应。最后她走上了小扣的阁楼，屋子里空空荡荡的，桌子上的一个手帕上放着她几十年积攒下来的八九块银圆。杜鹃立刻就明白了过来，多少年相依为命的经历和女人之间永远无法说清的情感使她扶住门框，放声大哭。

一九四九年

小扣离开枣梨园后，几年之中一直杳无音讯。杜鹃常常从一些路过的手艺人口中打听她的下落。运河上往来的船只带来了一些自相矛盾的消息，没有人知道她究竟去了哪里。

小扣重新回到麦村，已经是一九四九年的春天。她跟着一个游艺在外的瓦匠在一天拂晓悄悄地回到村中，在村西的一间泥房里住了下来。这个不幸而勤劳的女人从外乡带回了一个不满三岁的儿子，带来了种植番茄的方法，同时，也带回了解放军即将攻打长江的消息。

随着那个货郎在麦村出现的次数越来越频繁，大军过江的消息很快就在村里的磨坊、茶肆和铁匠铺子里传开了。两个月之后的一天黎明，这一消息最终得到证实。我们在睡梦中听到了江边传来的隆隆炮声，虽然炮声离麦村非常遥远，可是我感觉到炮弹仿佛就在我们头顶上爆炸一样。

这是一个雨水连连、槐树飘香的仲春，一夜的大风将槐花吹得满地都是。天还没有亮，被春荒折磨的棉农就提着菜篮到树林里拾槐花。这时，我们看见第一批溃败的国民党残兵败将沿着运河的堤岸，绕过桔麓山脊，朝西北方向撤退。

那些日子，杜鹃整天心事重重的。江边的炮声越来越紧，到了晚上就整夜整夜地响个不停。我们怎么也无法习惯那种声音，它停留在清醒和睡意的边缘，我们常常在半夜里被炮弹的怪叫声弄醒，以后再也睡不着。

“看起来，解放军已经把你们的人给打败了。”杜鹃说。

“我们的人？”我愣了一下。

“你从部队带回来的那双旧军鞋搁在哪儿啦？”

我说在床底下的一只木筐里。

杜鹃就点上了灯，从床上爬起来。她找到那双旧军鞋后，把它拿到灶膛里烧掉了。

我也隐约感到情况有些不妙。我猜想，既然兴化的保安守备队将他们抓获的地下党及其家属吊尸城楼，那么，反过来情形也不会有太大的差别。

外地的那个货郎依旧挑着货担时常在村头出现。杜鹃常常借故去和他搭讪，拐弯抹角地从他的口中探听风声。这个货郎并没有因为大军过江，因为他们即将到来的胜利而蔑视她，他总是笑容可掬，像对待村里的每一个妇女那样对待杜鹃，这使杜鹃在产生出对他深刻的好感的同时，一颗悬着的心也渐渐放了下来。

一个阳光灿烂的中午，也就是解放军进村的前一天，我和杜鹃正在院里和篱笆边给新栽的雏菊浇水，一辆马车吱吱嘎嘎地停在了枣梨园的门外。我看见一个头戴毡帽的中年人拎着盒子炮从车上下来，在几个喝得醉醺醺的年轻人的簇拥下走进了枣梨园。

尽管他戴着毡帽，我还是一眼就将他认了出来。宋癞子现在长得高大，健壮，目光如炬。他们进门后的第一件事就是朝井台上的一只木桶里吐了一口痰。那只木桶里盛满了井水，杜鹃多年来依旧保持着当年船上的习惯，她将井水盛在木桶里，放上整整一天，到了晚上，水就带上了一种凉森森的木屑味。

宋癞子领着那帮人一声不吭地绕过我们，四下张望着，朝后院走去。我有好几次想抽身跟过去看看，杜鹃都将我拉住了。

“他们大概是来看看房子，没准过几天解放军就要住到我们家来。”

过了好一会儿，那伙人在后院察看了一通，一路议论着什么，大摇大摆地来到我们跟前。宋癞子盯着我看了半天，又将目光投向杜鹃，杜鹃的头深深地低下了，她像做了什么亏心事似的。

在经过一阵长久的沉默之后,宋癞子对杜鹃说了一句:“你,明天上午到祠堂里来做军鞋。”

端午节的夜里,村里王老九的房子被大火烧着了。等到村里的人在睡梦中被锣声惊醒,赶到那里的时候,火已经没法救了。王老九蹲在一棵树下,出神地望着呼呼的火焰,老泪纵横:

“烧吧,烧吧,现在解放了,我王老九再也不怕了。”

一九四九年,随着和煦的春风将大地荡涤一新,在一阵阵欢庆锣鼓和秧歌声中,一个新的季节在霏霏细雨中突然到来了。

徐复观

在我从东驿回到麦村的最初几年中,我曾经见到过徐复观几次。那时,他靠行医和带几个私塾弟子的收入在村中过着悠闲的生活。在一九四四年到一九四六年那场绵延两年的大饥荒中,为了躲避饥饿和瘟疫,他像一只漂泊不定的鹧鸪一样从麦村消失了。

他在我乡行医多年之后,在一九五一年的冬天回到麦村。当时,原先在麦村一带东游西荡的货郎在解放后成了麦村第一批工作队的队长。他那时正为筹建中的麦村识字学校忙得焦头烂额。徐复观的突然回村使他喜出望外。到了第二年春天,运河南岸那座破败的祠堂略经修葺后就成了麦村最早的识字学校,也就是后来麦村小学的前身。徐复观成了它的第一任校长。我和另外一名年老的琴师作为临时教员,也偶尔到识字学校代几次课。

识字学校的创办不仅使宋村长感到迷惑不解,同时也遭到了村里大部分棉农的反对。他们白天在棉花地里忙上一整天之后,晚上的识字课就成了额外的负担。他们一次次找到工作队的路队长,要求他下令关闭识字学校,以让他们晚上能睡个安稳觉。其中一名妇女向路队长抱怨说:她在课上识的字一到夜深人静的晚上,就会从她的脑壳里蹦出来跟她说话,而且常常打起架来……

人们的抱怨并没有使路队长固执的信念受到动摇,相反,他对识字学校的热情与日俱增,他不仅严格地规定了上课的时间,而且一到傍晚,他就带着一批工作队员挨家挨户上门去催。

晚上上课的时间,村里的妇女常常带着绒线和鞋底来听课,她们一边做着针线,一边叽叽喳喳地高声谈笑着,而男人们则一律趴在桌子上睡觉,往往两堂课上下来,他们的第二遍觉也差不多睡醒了。

这所农民夜校被迫解散是一年以后的事。那年夏天,徐复观常常将一名描红出格的年轻姑娘独自留下来,手把手地教她写字。我一连几天看见她眼泪汪汪地从徐复观的房间里跑出来。一天深夜,天上突然下起了大雨,这个姑娘留在徐复观的祠堂里一夜未归。第二天一早,当她哭哭啼啼地来到路队长的办公室时,路队长和村上的几个干部正在吃饭。她抽抽搭搭地向路队长叙述了昨晚发生的事。路队长听后并不惊慌，而是反过来问她：

“怎么会呢？他都那么大年纪了。”

姑娘一下子就急了起来：“这个老杂种力气可大了，他将我按在床上，三下两下就把我的裤子给扯下来了，雨下得又大，我怎么叫也没人听见。”

“他这么大年纪，怎么会做出这样的事……”路队长紧锁着眉头，在屋子里来回踱着步子，自言自语地说道。

“他没干那样的事，是用手摸……”

屋子里的人再也忍不住了，他们开心地笑了起来，将饭都喷到了墙上。

“他把我的腿都抓破了，不信你们来看。”姑娘说着，就要脱裤子。

路队长立刻严肃地制止了她：“同志，要注意影响。”

这年夏天发生的事迫使货郎放弃了识字夜校的计划，但对于徐复观的处理却又一次表现出了他惯常的那种息事宁人的作风。当宋癞子带着一帮年轻人准备去祠堂将徐复观抓起来的时候，路队长只是淡淡一笑：

“不就摸了两下大腿吗？算了吧。”

这一年的初秋，麦村识字夜校正式改为麦村小学，我依旧在那里代课。在那段安宁而悠闲的日子里，路队长常常抽空到学校里来看看,偶尔也会听上一两次课。他有一条腿在以往的战争年月中曾多次受伤,因此,一到阴雨天就到学校来让徐复观给他扎金针。

一天下午,在由祠堂的一间祭祀厅改建而成的办公室里,我正在批改学生的作文。徐复观端着一杯茶朝我走了过来。我们虽然共事多日,但彼此之间很少说话。

徐复观在我对面的一只竹椅上坐了下来,开始东拉西扯地和我拉起了家常。起先,我们两个人都感到拘谨和不自在,因此,在很长一段时间里,我们都处于一种自言自语之中。过了一会儿,徐复观突然问:

“路队长革命几十年,现在住的是什么房子?”

我不知道他的这句话是什么意思,便想了想:“在村东的一个佃户家搭铺。”

“宋主任家住的又是什么房子?”

我说他住在河边的一间棚屋里。

“你的枣梨园,有长廊,有天井,又有小楼,晚上睡着就不怕闹鬼?”

我没有吱声。

徐复观从桌边站了起来,叹了口气,随手将一张新出的报纸递给我。

我把那张报纸在桌上铺开,立即就闻到了一股清新油墨的香味。我看了开头的几行字，眼前一阵晕眩。

我手里捏着那张报纸，穿过祠堂阴暗的天井，走到了午后的阳光之中。我感到幼年时经历的一个个噩梦般的夜晚现在又一次在我的心里复活了。那个不安的阴影常年以来一直跟随着我，它纠结在我的肠胃里，顺着血液一直流到我的心头。我在想，时间并不能淹没任何东西，相反，它像一根线串起粒粒念珠，使各种事物互相关联，并不断唤醒人们的记忆。当我的眼前再一次浮现出迁徙途中的那个风雨晦暝的雨季，我似乎感到一生岁月的经纬在那时就彻底弄乱了。我意识到，我掉到了时间的窠臼里，对它的抱怨和愤怒不仅无用，而且可笑。

我走到运河边的一块玉米地里，我的衣服都让汗水浸湿了。有那么一阵子，我简直不想往前走，渴望找个地方躺下来。这时，我听到了学校放学的铃声，它寂寞、单调，在懒洋洋的阳光中振动不已。

半夜里，我躺在床上，久久不能入睡。我想起徐复观第一次在识字夜校上课时的情景。那是夜校开学的头天晚上，村里几乎所有的人都来到了祠堂的大厅里。课堂上灯光昏暗，人影幢幢。徐复观走到讲台上，一声不响地朝人群斜睨了一眼，然后转过身，用粉笔在黑板上写了一个“人”字。

“你们认识这个字吗？”

课堂里人群谈笑的声音立刻平息下来。

徐复观的嗓音衰老而沙哑，让人不寒而栗，宛如一束带着毛糙晕圈的光亮，在祠堂的顶梁和墙壁间回荡着，就像是从一个阴森森的墓地里发出来似的。

“别的字你们不认识不要紧，”徐复观说，“但这个字你们一定要记住。满腹文章的秀才照样会饿死，可你们认识了它，不仅有饭吃，有衣服穿，还会有房子、金银、珍珠、玛瑙和棉花，你们什么都不会缺……”

我看见台下的那些棉农都被徐复观肃穆的语调感动了，他们吃惊地张大了嘴巴，眼巴巴地看着屋顶，仿佛粮食和珍宝会随时从天上掉下来。

在浅浅的睡意中，我似乎看见那个字像一棵梧桐一下就长高了，并生出了枝丫，它的枝条湿漉漉的，宛若河底的水草轻轻飘拂，像绳子一样紧紧地捆住了我的身躯，使我喘不过气来。

我在梦中的呼叫声惊醒了杜鹃，她迷迷糊糊地将我推醒，打了个呵欠，不久便又一次沉入了梦乡。在渐渐发白的窗户纸上，我呆呆地看着黎明的光线一点点变得明亮起来，听着村里报晓的雄鸡在深巷里传来一声声啼鸣。在早晨暖烘烘的阳光中，我又做了一个奇怪的梦。

我梦见在一个大雨滂沱的中午，我被人用绳子捆绑住，带到了一个羊圈里。我和两只绵羊在那间黑漆漆的房子里被关了一天一夜,随后被押上了一辆囚车。雨越下越大,我看见杜鹃在雨中奔跑着,手里抱着一叠衣服,呼叫着追赶囚车。不一会儿,囚车在桔麓山下棕红色的煤渣路上打了一个“Z”字形的弯,杜鹃的身影便在我的视野里消失了。

我在做这个梦的时候,并不知道我已经提前进入了现实。一个月后的一天,我被一辆军用吉普车押往百里之外的越河劳改农场。和梦境不同的是,我被押上囚车的那天,正好是二月廿八,天空格外晴朗,杜鹃一大早就到观音塘赶庙会去了。

后来,我从越河劳改农场获释回到麦村的时候,曾经和一个测字的阴阳先生谈起过这个奇怪的梦境。测字先生听后哈哈一笑:“我们往往会以为梦是依照实际的事情画出来的,其实,情况有时恰好相反,尘世只不过是对梦的一种简单的模仿。”

越　河

在遥远的古城江宁，我的记忆断断续续、模糊不清。但我依然记得母亲那张恬静的脸庞在映入窗口的落日中缓缓移动。在来到麦村的那些日子里，她是那样小心翼翼地维护着安宁的空气，以至于石榴花的香气也会使她郁郁寡欢。每当她独坐窗前，默默转动着一只水杯，目光越过楼下寂静的花园，或者躺在夏日的庭院里，在悄无声息的午后沉沉入睡，我都似乎感觉到缤纷阳光的每一个空隙中蕴藏着安宁的种子。

现在慢慢地回想起来，对母亲来说，她的好时光是在迁徙的途中突然中断的。那个春末的霏霏细雨使一切都发生了改变。

时间好像突然出现了某种偏差，对于这个陌生地域的强烈的不适使她心灰意懒。如果说过去的年月中，她曾想方设法使自己得到安全，像蚕茧一样把自己层层包裹，那么，在她的弥留之际,她是那样希望打破寂静,她像一个淘气的孩子那样夜复一夜地怪叫着,让我们将她从一个房间搬到另一个房间,希望她错误而扭曲的一生很快得以纠正。

相形之下,父亲的优雅也并不见得如何高明,由于他过度地沉湎于书本,他的脸上时常泛出书页般呆板的气息。在那个下雪的冬天,尽管母亲拼命反对,他还是让小扣将我带到他的跟前,他一面朝墙上狂吐着鲜血,一面怔怔地看着我。他也许曾经打算跟我说些什么,可最终又改变了主意。

在越河劳改农场的那些日子里,四周壁立的高墙阻断了我和外界的联系,一个多月来,我感到麦村在我的想象中渐渐走远,踅入了一个阴暗的角落。开始的几天,我们好像是被人投进了一只倒扣着的铁锅里,整天见不到阳光,慢慢地,我甚至一度不知道自己是置身于何处。

我通过无边的暗夜中忽闪忽灭的星辰看到了过去,浸没在旧时蓝莹莹的月光中,嗅闻着记忆之中的花草和树木枯萎的香气。

后来我才知道,我们的这所农场实际上是隐伏在一片山坳里,四周光秃秃的,看不到流水和树木,除了每天按时飞来的一批乌鸦之外,听不到鸟鸣。那些皂黑色的乌鸦每天傍晚的时候,就会成群结队地越过围墙的铁丝网,飞过农场的院内,它们黑压压地栖息在一座瞭望塔的铁架上,栖息在工棚和房舍的屋顶上。它们呱呱地叫着,带着一种冰凉的寒意。

我就是在那个时候产生了对乌鸦的好感。实际上它们也属于一种善良的鸟类,同人们所珍爱的画眉与鸽子没有什么不同,只是由于它们形貌丑陋,既不会像麻雀那样遭人怜爱,也不会像凶猛的兀鹫和秃鹰那样使人害怕——它们仿佛生来就是一件无用之物,在成百上千种鸟类的世界中占据了一席最为糟糕的位置。

有时,我感到自己就是一只乌鸦,甚至只不过是它在天空中投下的一缕阴影。

有一年,农场在断粮的时节,看守们曾经用冲锋枪将它们打下来煮了吃。一天晚上,我分到了一只瘦小的乌鸦,它的双足被枪弹炸飞了,身上的羽毛还没有拔净。我一闻到它的肉香,就禁不住呕吐起来。

其他的犯人也跟我一样,每天傍晚都在等待着那群乌鸦从对面的山头上飞过来。有时碰上大雨,它们迟迟不来,倒使我们感到有些不习惯。对于那些戴金丝眼镜的知识分子或者曾经煊赫一时的地主富农们来说,劳改农场无疑是一座地狱。他们既无法适应这个荒凉山区干燥的气候,同时,对于每天例行的炸山采石也日益感到单调而厌烦。当然,对于他们来说,最可怕的莫过于他们并不知道时间将最终把他们带往何处。

夜深人静的晚上，在巡夜的警犬一声声凄厉的吠叫声中，他们总是喋喋不休地给我讲述他们失去的岁月，讲起昔日锦衾玉馔的优游时光。有时，我也偶尔跟他们说起我过去的一些故事。那些我所亲身经历的往事由于受到时间泉水的浸润和滋养，往往带有一种梦幻般的性质。

蜂　房

那年春天,母亲时常在抱怨她的头发。她说,那些头发一到春末就会像鸭子脱掉的腺毛一样大把大把地掉落在枕头上。看着她那副忧心忡忡的样子,我总是疑心自己的头发也会在一夜之间掉个精光。

那天早晨,母亲照例坐在梳妆镜前,一遍遍地梳理她那又黄又少的头发。父亲端着一碗蜂蜜走上楼来。

"你是从哪里弄来的蜂蜜?"母亲说。

"从花儿的蜂房买来的。"

"你的脸怎么啦?"

父亲用一块手帕捂着脸,没有说话。我看见他的眉角上给蜜蜂蜇起了一个大包。

母亲诡谲地笑了一下。父亲尴尬地站在衣橱的边上,不知道应该走开,还是继续留在这里。

“你不要有事没事总往蜂房里钻。我的头发就是全都掉光了，也不稀罕她那点蜂蜜。”

太阳的光线从树林中照射到窗前，很快就蒸发干了空气中的雾和湿气。一只蜜蜂顺着桌沿慢慢蠕动，由于它的身上沾满了露水，它便使劲摆动着肥肥的肚子，翅膀嗡嗡地振动着。母亲朝它看了一眼，用木梳一下就将它敲扁了。我和父亲都吓了一跳。

“这些该死的蜜蜂……”

花儿的蜂房在村西裁缝铺的隔壁。村里的人说，那些蜜蜂是从花儿的娘家带过来的，它们像人一样有着聪明的灵性。她那年嫁到麦村来的时候，那些蜜蜂就跟着她的轿子一路翻山越岭，嗡嗡喧闹着来到麦村。那时，麦村的棉农还是第一次看到这么多的蜜蜂。村里的老人回忆说，那些蜜蜂像狗一样忠实于主人，像鹦鹉一样懂得人的语言，像鸽子一样驯良，飞得再远也不会忘记回家的路。它们不像麦村一带土生土长的青钢蜂，每当暴雨过后，就会成群结队地袭击人畜。

春天来临的时候，树上的花朵开得满满当当的，花儿就会将她的蜂箱搬到屋外的阳光下面来，搬到运河对岸的油菜花地里去。我时常蹲在河边，看着花儿的身影在灿烂花丛的背景中走来走去。看着她用勾杆将蜂板网挑出来，让那些球集的蜜蜂寻着花香飞入菜地和棉花地的深处。

那个季节,父亲和徐复观先生常常坐在河边的树丛中钓鱼。和我一样,他们时常抬起头来,朝运河对岸的油菜地里兀自张望,往往一看就是好半天。

他们当时所说的话我一直到现在依然记忆犹新,好像它的余音还滞留在空气里。父亲的嗓音像蜜蜂的叫声一样软绵绵的,徐复观每说一句,他便低声地附和。

“你看她的腰有多细。”

“她的屁股又肥又圆。”

“想想看,”徐复观提醒父亲,“要是她坐在澡盆里洗澡会是怎样一副样子?”

父亲立刻爽朗地大笑起来。他也许觉得再这样谈下去,和他读书人的身份就有些不太相称,便又说起了另外一个话题,开始谈论起花儿的丈夫,一个整天呆坐在桃树下的瘫子。

在静谧而晴和的阳光下,我突然感到了一种说不出的伤心。我感到即便是父亲谈起那个瘫子的时候,心里依旧挂念着花儿。徐复观更是余兴未尽,他常常使话题重新扯到花儿的身上,用猥亵而阴暗的语调议论起女人身上最隐秘的部分。

那个瘫子正害着痨病,他平常很少出门,在村中我们很少看到他。一年一岁经冬复春,他佝偻着的腰一寸寸地弯下去,咳嗽的声音越来越响,他好像从来不跟人搭话。

村里的那些自以为高明的女人常常预言说他活不过当年的端午，可是到了第二年的端午节他依然活着。事实上，他比很多健康的同龄人都活得长久。他的媳妇死后很多年，在我离开麦村的前夕，我仍然看到他蜷缩在门前的那棵桃树下，想着他的心事。

我十岁那年，第一次有机会来到了花儿的蜂房。那天下午，我正在运河边打水漂儿，看见花儿在裁缝铺门前的一棵楝树下朝我招手。我当时并不知道她叫我去干什么，我昏昏沉沉地朝她走过去，没有理会枣梨园中传来的母亲的叫唤。我的心怦怦直跳，凉风从我发烫的脸颊上吹过，我一边往前走，一边想着待会儿怎么和花儿说话。

我跟在花儿的身后，走进了她的那幢土屋的大院。墙角、屋檐下和树丛中到处都摆满了大大小小的蜂箱。蜜蜂像秋后的飞蝗一样密密麻麻地在院子里飞舞着。麇集在杏树和桃树上的蜜蜂将枝条都压弯了。我们进门的时候，花儿在我的头上蒙上了一只针眼细密的网罩，领着我绕开那些蜂箱，来到了她的内房。

我又听见了那个瘫子从隔壁传来的咳嗽声。屋子外面，蜜蜂喧闹着，在窗框的纱帘上撞来撞去。屋子里光线有些阴暗，阳光透过纱帘照进来，将房子的墙壁衬得红红的，也染红了花儿的头发、脸和耳郭。

当我明白花儿将我叫到她房里的真实意图时,我不禁感到有些害怕:花儿让我蹲在一只花白瓷碗旁往里撒尿。我不知道她要那些尿有什么用。

“我没有尿。”我对她说。

“那就等一会儿。”花儿耐心地看了我一眼。

在接下来的这段时间里,花儿问了我很多事,其中有一大半是关于我的母亲。她称呼我的母亲为姐姐,并一次次询问我,我的母亲为什么突然不爱搭理她了。

我撒完了尿,花儿将瓷碗端起来闻了闻,随后将它倒入一只盛满红枣的沙钵里。然后,我得到了应有的报偿,她让我吃了足足三汤匙的蜂蜜。

事后回想起来,这个平淡无奇的下午却是那样的令人难忘。蜂蜜的味道和冰糖极为相似,但是它却像橄榄一样回味无穷,散发着那个春天特有的鲜花的气息。那天下午,花儿也显得特别高兴。我一直相信她红红的棉袄里藏着什么秘密,就伸手在她身上偷偷地摸了一下,丝质的浮绸立即发出指甲划过后留下来的轻微的响声。不过,这次花儿没有生气,她反而温和地朝我笑了一下。

花儿总是快乐的,脸上成天挂着笑容,一副无忧无虑的样子。村里人人都爱跟她说话。我们刚刚来到麦村的时候,甚至连一向郁郁寡欢的母亲也不例外。那些日子,我时常看到村里的一些男人用轻薄的话挑逗她：

“花儿，让我尝尝你腿上的蜜吧。”

“花儿，晚上到我的铁匠铺里来，我给你身上的大勺子装个柄怎么样？”

当时，我并不明白这些话是下流的，但是我清楚地记得，在人们日复一日的玩笑声中，花儿笑着笑着，忽然有一天，死亡的念头一下就缠住了她。

宋癞子

只要一听到上早工的钟声，杜鹃就会感到心慌意乱。村上的棉农早就熟悉了公鸡报晓的啼鸣，熟悉了在渐渐发白的曙色中慢慢醒来，因此，很久以来，人们怎么也无法习惯那种单调而刺耳的钟声。杜鹃说，在往常，村里只有死了人或者失火的时候才会敲钟，而现在，它总是抢在打鸣的公鸡前头，天还没亮就将人吵醒了。

那口钟是从一台手扶拖拉机轮盘上卸下来的钢圈，它兀自吊在运河边的一棵槐树上。每天早上五点钟，敲钟人，原先村里的一个铁匠，就会拎着榔头走到河边的树下。这个老人非常喜欢敲钟这桩事，他一定是把敲钟当作了世上最重要的事来做，因此，每一下都敲得非常用力。

随着那口钢钟发出当当的声响，准备下地的棉农就从村中的各个角落赶到河边的晒场上去集合站队。每当那种沉重而急促的声音在黎明的天空回荡的时候，我都仿佛回到了遥远的战争年月，回到了战马的嘶鸣和穿过雾障的凄厉的军号声中。我感到，钟声不仅混淆了时间和感觉，而且也搅乱了记忆。

杜鹃对于宋癞子好像有一种天生的惧怕。他常常带着一帮年轻人突然来到枣梨园，这时，杜鹃就像一只受了惊吓的羊羔一样露出一种可怜巴巴的神情，她往往不是将一缕绒线弄得一团糟，就是将毛衣针戳到了手背上。后来，当我们被赶出枣梨园，搬到村西的那座小木屋里住着的时候，宋癞子的影子依然跟着她。有时他们在路上碰见了，杜鹃远远地就扭头往回走，而在这个时候，宋癞子往往出其不意地叫住她。

宋癞子是在一九三九年当上村长的。当时他的母亲因中风刚刚死去不久，宋癞子将家里剩下的房产和田地变卖一空，准备到海边去贩盐。那个神秘的货郎在麦村第一次出现的那年夏天，宋癞子突然打消了外出漂泊为生的念头，在麦村留了下来。在他当上村长的第二年，他从邻村的一个大户人家娶来了老婆。解放后不久，在席卷中国南方的三年自然灾害的年月里，那个女人跟着一位破败的商人远走他乡，给他留下了一个不到七岁的女儿。

我从越河劳改农场回到麦村的时候，他的女儿刚满十九岁。我常常看见她腆着肚子到运河去洗菜，在那些日子里，宋癞子正为他女儿越来越大的肚子而忧心忡忡。他曾在村里四处追查那个抢先给他女儿下种的酒色之徒,他在一次社员大会上严肃地指出:这是暗藏着的阶级敌人对我们发动的又一次猖狂的进攻。

这件事情随着岁月的流逝慢慢被人们淡忘,他的女儿在产下一个六指幼女之后,事情就不明不白地搁置起来了。

进驻麦村的工作队是在一九五三年撤销的。路队长却留了下来,成了麦村第一任党支部书记。在一年中的大部分日子里,他和宋癞子总是形影不离地出现在村头、棉花地里、打谷场上。渐渐地,人们发现,宋癞子无时无刻不在模仿那个货郎的一言一行:走路的姿势,说话的方式,甚至背诵毛主席语录时的语调。所不同的是,宋癞子常常将毛主席语录记错,每当他背不出来的时候,就用自己的话加以补充。有一次,他将"一不怕死,二不怕苦"说成了"一怕不死,二怕不苦"。货郎便当众批评了他,并给他加以纠正。宋癞子当面点头称是,背地里却对他手下的那帮年轻人一个劲儿地抱怨:

"路书记就是死心眼,说颠倒了几个字,意思还不是一个样?"

一九六八年冬天的一个中午,为了庆祝丰收,村里在小学的祠堂里摆满了酒席。在筵席将散的时候,路书记和宋癞子发生了激烈的争吵,这是多年来他们第一次公开争吵。宋癞

子借着酒意将久居人下的屈辱一股脑儿地倾泻出来,他跳到了一张酒席桌上,指着货郎破口大骂:

“你他妈的有什么了不起,不就比老子多读了几本臭书吗?”

在众人的劝解声中,宋癞子越说越激动,最后,他将本来不该说的话也一并捎带了出来:

“我女儿的孩子就是我生的,你拿我怎么样?我跟自己的女儿睡觉犯了什么法?”

路书记本来只是打算私下里悄悄地劝劝他,让他注意影响,现在,事情已经弄到了不可收拾的地步,他也感到了有些不安,因此,他久久地看着勃然大怒的宋癞子,一时找不到话说。

这件事随着冬天降临的一场大雪很快就平息下来,事后两个人都在私下里做了一通深刻的自我批评,不久便言归于好。但仇隙的种子却在宋癞子的心头暗暗扎下根来。他们之间的这种摇摇欲坠的紧张关系到一九六九年的夏天便彻底宣告破裂。

当时,第一批插队的知青已经从南京城里下放到了这个偏僻的山村。

他们坐着一辆披红挂绿的卡车来到村头的时候,引起了村里那些棉农长盛不衰的好奇。没有人知道穿着的确良衬衫的城市青年为什么突然来到这座山村，这些满面忧容、垂头丧气的年轻人给棉农的印象总是在劳改犯和工作组之间摇摆不定。这些城市青年整天哼着小调在村子里东游西荡，对于农事的无知简直叫人吃惊，他们无法辨认出稻田里生长的稗草，无法分辨出榆树和椿树，无法通过羽毛区分鸡鸭的性别，甚至连烧火煮饭也没有学会。他们在来到麦村的第一天就将全村小孩的眉毛统统刮掉了，这种恶作剧使得村里的一些老年人表现出了不满。所以，在几天之后的一次欢迎大会上，宋癞子在做完了长篇讲话之后，为了在这批知识青年面前显示一下麦村社员的阶级觉悟，便突然启发性地问大家：

“知识青年上山下乡有没有必要？”

村上的几个老人就异口同声地答道：“很有必要，很有必要。”

在这群知青当中，有一位姑娘，名叫小芙。和我在以往的战争年月中见到的那些城里女人一样，她有着白皙的肌肤和像纸花一样虚弱的外表，她的不苟言笑的矜持和忧郁的气质使她具有了一种神秘的魅力。每当她穿着雪白的的确良衬衫和肥大的草绿色军裤在阳光下走过，便会招来众人艳羡的目光。

这帮知青一天在生火做饭的时候，差一点没把房子烧起来，从那以后，他们便轮流在村民家里供饭。到了秋天的时候便出了一件事,这件事情本身很不起眼,但是它却拉开了麦村日后一连串事件的序幕。

这件事是由小芙引起的。那天中午,当他们在一户社员家吃饭的时候,她偷偷地将一块带猪毛的肉扔到了地上。这一不经意的举动被坐在一旁的货郎暗暗看在眼里。这个佃户出身的共产党支部书记是麦村一带第一个对这批知青的下放感到不满的干部。在村里欢迎大会结束的当天,他就将这批知青叫到自己的办公室,近乎训诫地将他们教育了一通。当时,麦村一带隐伏着的潜在的饥荒正使货郎成天愁眉不展,为了迎合这些城市青年挑剔的口味,他还是让人想方设法弄来了猪肉。在小芙将那块肥肉扔到桌下的那一刹那,一股无名的怒火使这个昔日温文尔雅的货郎失去了理智,他当众将小芙训斥了一通,然后强迫她将那块肥肉捡起来吃下去,这就导致了小芙一连串的呕吐。

这个漂亮的姑娘在知青中享有崇高的威信,这件事立刻激怒了那些年轻的知识分子。尽管村里的老人在这件事上曾给予了那个可怜的姑娘一些同情,但知青随后的报复却使他们胆战心惊。

在那些年月,我常常有这样的感觉,往往一觉醒来,世界已经完全变了个样。那天早上的情景正是这样。我和杜鹃跟着闹哄哄的人群来到了枣梨园外,我看见院外的粉墙上密密麻麻地贴满了大字报。那些目不识丁的棉农虽然无法看懂墙上的文字,但他们从当时肃穆而紧张的空气中意识到了事情的严重。路书记仿佛在一夜之间就下了台,就在他刚刚搬进枣梨园不久,人们又亲眼看见他卷着铺盖回到了河边的小屋里。按照上级的决定,路书记本来应该被遣返原籍,但据说他在老家已经没有什么亲属,因此依旧留在了麦村。

在解放初期,这个出身贫寒的货郎曾经苦心孤诣地迫使他治下的村民读书识字,他经营多年的识字夜校并没有激发起人们对知识的兴趣,而现在,在促使他下台的这股风潮之中,麦村的棉农却立刻相信了知识的威力,并对那些不谙农事的城市知青另眼相看。

胡　蝶

一天上午,宋癞子将我和杜鹃叫到了他的办公室。那间办公室原先是枣梨园的一间客厅,房间里依旧散发出一种凉森森的气息,它是我们所熟悉的。同时,墙上漆刷的标语和呆板的招贴画又赋予了房间一种陌生的情调。

知识青年小芙脸冷冰冰的,目光里充满敌意,但是我还是能够感觉到她肌体里压抑不住的魅力。如果我不计较她的目光和神态(它在不断地提醒我,我和她肉体的美貌之间犹如壤霄之隔),我仍然能够感受到她躯体沁人心脾的光芒,它亲近而温暖,给人带来不着边际的遐思。这真是一种奇妙的感觉。

小芙坐在一张带抽屉的办公桌前,一遍遍地翻看着桌上厚厚的文件和卷宗,不时地用眼角瞥上我们一眼。我看见杜鹃的头又深深地埋下了,她总是像做错了什么事情似的,显得惊慌不安。

宋癞子抽着烟，在房间里来回地踱着步子，在经过一阵使人难堪的沉默之后，他突然转过身来。

“你在东驿待过几年？”

“两年。”我说。

“有一个叫胡蝶的瞎子，你还记得吗？”

我一愣，感到身上某处地方被他的话语触痛了。这时，我看见小芙和杜鹃同时抬起头来看着我，在这一刹那，我感到她们的目光是那样的相似，仿佛一道阴冷而豁亮的光芒，照亮了我回忆的道路。在这条幽深而晦暝的道路尽头，我又一次看见了胡蝶。

“日本人在糟蹋她的时候，你在干什么？”

“下流！”小芙好像对这类事有一种本能的厌恶，她含糊不清地说了一句。

我站在一处鸭棚的边上，天上下起了小雨。我听见胡蝶在叫喊。在她的父亲将她的手掰开的那一瞬间，我似乎清晰地听到了她手指的骨节发出的咔咔声。在沙沙的雨声中，我看见她的腿上粘满了瘪谷和枯草。有那么一会儿，我好像感到胡蝶在呼喊我的名字。一股盲目的力量在我的血液里流淌着。我意识到，不是一名军人的职责，而正是耻辱本身在我的耳边提醒我：面临这样一个情境，我必须有所行动。当我拨开人群朝前挤去的时候，原先的那种冲动立刻在我的肌体里消失得无影无踪。

我感到躯体已不受大脑的指使,同时,我的心里突然涌现出了好几个念头:第一,我即使冲进晒场,也无法豁免胡蝶的灾难,只能徒劳地增添一具尸体;第二,当我往前挤去的时候,静立在雨中的人群所显示出来的神情既不是响应也不是鼓励,而是一种默默的憎恶,因为他们正处在一种小心翼翼而充满信心的等待之中,盼望灾难像消退的洪水一样渐渐平息,我的这一举动恰好打破了他们心底的一线希望,所以,我不禁意识到自己的行为显得有些做作;第三,我感到自己已经来到了一处地界的边缘,再往前走就是一道深渊,在那里,静谧而虚无的时间像流水一样无穷绵延,周而复始。

事后,我常常这样想,如果那天我站在人群的第一排,我也许会冲进晒场去救她,这样想着,我的心里确实好受了许多。可是,来自心底的一种更为强大而可怕的声音告诉我:无论当时的情境怎样变化,我依然会在人群中止步不前。

我的命运的路径早就在事先被排定了,我只不过是匍匐其上的一个奴隶罢了。

所以,那天下午,当宋癞子在办公室里用严厉而刻薄的语言为我罗织一个个罪名的时候,我并没有进行反驳和申辩。

归　宿

在我西楼的住处，一扇陈旧的窗户正好对着屋外榛树的一片浓荫。在清晨或者傍晚的时候，它总是阴暗的，天气晴朗的中午，阳光就会透过树丛照到我的床头，它暖烘烘的，带着树叶的清香和秋季被蒸发开来的淡淡的粪味。通过这扇窗户，我日复一日地注视着眼前这片一成不变的空间。在一天之中的大部分时间，它总是空空荡荡的，在薄暮时分，往往有几个妇女穿着俗艳的服装到井台边去打水。偶尔也会有一两只小鸟从河边飞过来，在榛树的枝头颤动着，叽叽喳喳地叫个不停。

我就像一棵楝树上成熟的果实，在秋风中残喘，仿佛随时都会掉落下来。我一遍遍地翻看床头的一本发黄的旧书，或者长时间地静坐在窗前，在凝滞的空气中浮想联翩。

在我的一生快要走完的时候，我忽然感到自己只是经历了一些事情的片段，这些片段之间毫无关联，错杂纷乱。就连岁月给我留下的记忆也是乱糟糟的，我在回忆起从前的时候，不得不从中剔除掉一些令人不快的部分，而留下一些无可遗憾的画面。即便这样，这些美妙而纯净的画面也无法使我对自己的一生做一个简单的归结，比如归入某种意义，或者是某种人的类别。

我还记得我第一次跨上一只木盆漂向河道时的情景。我看见河岸、树木远离了我，在木盆边流过的哗哗的水声中，我突然有了一种无所依傍的感觉。木盆在水面上旋转，我伸出手，却抓不到任何东西，甚至我的嘴里也发不出任何声音。我看见父亲在漂满槐花的河里大叫着朝我游过来，我立即就哭了起来。

在小扣的晚年，她几乎天真地保留着一生的唯一一个愿望，一块可以安放她躯体的墓地。在解放前夕，她就为自己在桔麓山下买了一块墓园，但是那块一穴之地很快就成了棉花田的一个部分，后来又被麦村的农技员用来试验新品种的杂交水稻。在她的弥留之际，麦村已经开始实行火葬，当她一次次用哭诉和哀求向她的儿女表达她土葬的愿望时，他们总是用一种带着不解和嘲讽的语调敷衍她。在小扣看来，人知道自己最终归入泥土，是她仅有的一种安慰。所以当她的子女很不耐烦地用当时流行的唯物主义思想开导她的时候，她便用一种前所未有的固执回敬他们：

“人死了，用火一烧，那灵魂还不要跑到美国去啦！”

她那做木匠的儿子立刻就笑了起来：

“到了美国还不好吗？我们想去还去不了呢！”

小琴告诉我，在她的祖奶奶卧病在床的那些日子里，她成天都像一个孩子似的哭泣着。她常常一连几天睡不着觉，后来，家人不得不哄骗她，他们已经在桔麓山上替她选好了一块墓地，并扶着她到山下的梨树林里去看看。小扣站在开满梨花的山坡上久久不愿离去，最后她叹息了一声：

“我真恨不得现在就在这里挖个洞钻进去。”

小扣死的那天，正好碰上夏初的第一场暴雨。几天以后，她的尸体被装上一辆手扶拖拉机，送到县城去火葬。

判　决

我是一个神经过于敏感的人，因此，我不能容忍别人（比如杜鹃）也表现出这样的敏感。随着时间的推移，我们之间本来就不多的谈话变得越来越少。她身上的每一个毛孔都警觉地张开着，用来应付随时可能降临的灾难。

这年夏天，麦村成立了基干民兵连。他们白天在桔麓山下打靶，到了晚上就在村头的树林挖防空洞。由于长期以来看不到报纸，听不到新闻广播，我不知道当时的世界上正在发生什么重大的变故。

一天上午，桔麓山下打靶的枪声突然停止了，到了中午，村里的气氛就一下变得紧张起来。人人都绷着脸，干部们显得焦灼不安，在枣梨园进进出出。我来到河边，看到两个小孩正在河滩上玩耍，他们看上去像是一对兄妹。男孩抬头看了我一眼，目光中显露出巨大的恐惧，他哆哆嗦嗦地告诉妹妹：

“他就是我跟你说过的那个特务,会双手使枪,像电影里的武工队一样。”

女孩立刻就吓得哭了起来。

晚上,杜鹃很早就将木屋的门关上了,又用两根木头将门抵住,然后用一种神秘的眼神盯着我。

“偷没偷?”她小声问我。

“偷什么?”我反问她。

“枪……”她咽了一口唾沫,鼓足勇气说出了这个字。

我瞪了她一眼,没有搭理她。这似乎增加了杜鹃对我的怀疑。

“你要是偷了,就将它拿出来,”杜鹃说,“我把它拿到灶膛里去烧了。”

我笑了起来:“枪是铁做的,你怎么烧得掉?”

杜鹃听了我的话,立即就叫了起来:“你还真偷啦?”

直到第二天上午,我才弄清楚整个事情的原委:昨天上午基干民兵在训练的时候,突然发现少了两支五六式自动步枪,同时失窃的还有五六十发子弹。

这个消息立即惊动了公社武装部和县委。枪支失窃后的第二天中午,县公安局的汽车就开到了麦村。在这件事情的缉查过程中,他们首先将怀疑的对象缩小到村里的几个五类分子身上。我被几个武装民兵带到大队部按指印的同时,另一些人则将我和杜鹃居住的木屋里里外外搜了个遍，连那只腌白菜的夜壶也没有放过。

那些日子，杜鹃整夜整夜地睡不着觉，有时，她靠在墙上打个盹，脑子里还在想着那两支枪。两个星期后的一天，我看见杜鹃兴冲冲地从村里跑回屋来，许多年来，我还是第一次看到她这么高兴，她气喘吁吁地跑进屋，由于过于激动，立刻就在门边瘫倒了。

“枪找到了……”杜鹃兴奋地告诉我，随后便哭了起来。

事情很快被查明了，偷窃枪支弹药的是村里的一对孪生兄弟。他们趁着枪械库看门的老头到竹林里解手的工夫，在月亮下翻窗而入，盗走了枪支。那时，他们只是出于一种纯粹的好奇（也许是想用它到树林里去打鸟，并没有意识到这件事情的严重性）。

等到县公安局的人发现了一些蛛丝马迹，开始对他们实施缉捕的时候，这对孪生兄弟突然感到了一种莫名其妙的激动和恐惧。他们在桔麓山的一个山洞里藏了三天三夜，当公安人员搜山的时候，他们又趁着夜色逃到了生产队的一座仓库里。

第六生产队的一名会计首先发现了他们。在一个阳光灿烂的中午，全副武装的公安人员将那座仓库围得水泄不通。

当这对孪生兄弟端着枪，一前一后地从仓库里走出来的时候,门外围观的人都吓了一跳。公安局的局长正有条不紊地指挥突击队员进入指定位置,副局长手里拿着一只话筒准备朝他们喊话(而那只话筒似乎坏了)。

“喂,喂喂,把枪放下！喂,喂喂喂……”

这对兄弟从来没有见过如此惊心动魄的场面,在强烈的阳光下,一双双眼睛远远地看着他们,使他们既感到害怕又显得骄傲。弟弟首先感到支持不住了,他用谁都可以听见的声音喊了一句:

“哥,咱们投降吧。”

也许正是“投降”这两个字激起了哥哥心底里盲目的自尊,他狠狠地盯了弟弟一眼:

“窝囊废……”

随后他们几乎是哆哆嗦嗦地开了枪。

在场的那个生产队的会计目睹了整个事情的过程。他事后告诉我,那对孪生兄弟趴在仓库门外的一头碌碡后面,噼噼啪啪地放起了枪。和电影里看到的情景一模一样,第一排子弹就将手拿话筒的副局长放倒了,子弹把榆树的树叶打得飞了起来。后来,在他们俩准备换子弹的间隙,公安人员扑上去将他们抓获了。

“他们换子弹的速度太慢了……”会计极为惋惜地说,“其实,他们可以轮流换子弹……”

公判大会是在半个月之后的一天下午举行的。我被带去陪斗。公判会场上到处都挤满了人，从外村赶来看热闹的人只能远远地站在棉花地里，或者趴在草垛的顶上朝这边张望。

县公安局的局长戴着一副墨镜，坐在主席台的正中央。为了纪念刚刚牺牲的战友，他的左臂佩戴着黑纱，这给公判大会增添了一种肃穆的气氛。

公判大会刚刚开始后不久，就发生了一件意想不到的事。这对孪生兄弟的母亲，一个白发苍苍的老太太突然从人群中挤到了主席台前，一把拽住了公安局长的裤子，同时号啕大哭起来。她凄惨的哭声使台上的人一时显得不知所措。我听见那个做哥哥的瞪了母亲一眼，低低地骂了一句：

“不要脸！”

随后老太太爬上了主席台，在局长的面前扑通一声跪了下来，同时声泪俱下：“我就这么两个儿子，你们打死一个，给我留下一个吧！”公安局长毕竟经验丰富，他没有理会这个老人，而是用一种很不高兴的眼神扫了坐在旁边的宋癞子一眼：

“怎么搞的，麦村群众的觉悟怎么这么低？”

宋癞子赶紧讨好似的笑了一下，他绕过主席台，走到老人的身边，将她从地上拉了起来，替她掸掉身上的尘土，接着用温和而低沉的语调在她耳边说道：

“你以为我们当真要枪毙你的两个儿子吗？不会的，我们只是想吓唬吓唬他们,不当真开枪。"

"我看他们已经让你给吓唬得差不多了。"老太太精明地看了宋癞子一眼。当时,她的小儿子正筛糠似的在主席台的一侧瑟瑟打抖,他脚下的门板发出一连串有节奏的"咯吱咯吱"的声响。

宋癞子的脸顿时沉了下来:"你不要再这样无理取闹,待会儿惹恼了局长,他一发急,说不准当真就把你的儿子给毙了。"

老太太立刻就不吱声了,她将信将疑地离开了主席台。

公安局长满意地朝宋主任点了点头,不紧不慢地将食指伸到嘴里,蘸了点唾沫,翻开一页卷宗,念起了宣判词。

公判大会快要结束的时候,天色已近黄昏,会场上早已出现了一股不耐烦的喧嚷之声。这时,我看见两名身背钢枪的解放军战士将那两名罪犯推推搡搡地带到了桔麓山下的一块萝卜地里,人群随后就跟着掩了过去。

这对双胞胎就像当初结伴从村中走过时常常招来行人好奇的目光一样,今天,他们又一次成了人们目光注视的焦点。弟弟紧紧地拽着他哥哥的衣服,身体依然在痉挛般地战栗,他的哥哥则用他那没有完全发育成熟的女人一般的嗓子朝人群怪叫了一声:

"毛主席万岁!"

随后枪声就响了。人群中立即响起了一片叽叽喳喳的议论。

后面的人不断地朝前面涌去:"打死了没有哇?"

"打死了,打死了!"前面的人说道。

仲月楼

我和仲月楼见面的机会越来越少。可是,我时常在梦中见到他。另外,当我独坐窗前,在灰褐色的光线中沉入冥想的时候,我总是通过河边的一棵树看到他枯瘦的身影,通过天空滚过的雷声听到他无声的话语。我看见他在溪流边洗绷带,看见他骑着一匹灰白色的战马在阳光下的原野上踽踽独行,或者在相向开过的两辆战车上,他冲我莞尔一笑。他的笑容诡谲而阴冷,带着雨季特有的灰溜溜的色调。

我深切地知道,在疾速飘动的时间的某一个间隙,仲月楼就是我自己。

五　月

这年的五月是伴随着一连串的冰雹和梅雨来到麦村的。雨一场接一场地下着，天空一派灰黄。阴雨连绵的季节过于漫长，它将一切都弄得灰蒙蒙的，并在人们的脸上布上了一层青绿的雨色。

斜斜的风雨透过木板房的缝隙不时地渗进屋子里来，在我们床前的地上积了一层浅浅的水潭。等到雨停的时候，杜鹃就蹲在门前，用一只木瓢一瓢一瓢地往外舀水。

“那个货郎又在河边转悠了，”杜鹃说，“每当雨停的时候，我总是看到他在树林里走来走去，看上去就像丢了一件什么东西似的。”

货郎的小屋在村头的榆树林里。隔着一条弄堂，就是花儿那间早已坍塌的蜂房。蜂房旁边的裁缝铺不知在什么时候也已经拆掉了，所以，一到下雨天，那片树林看上去就显得乱糟糟的,没有一点活气。

货郎在那年夏天被突然免职之后,依旧保持着平常良好的起居习惯,突如其来的打击并没有像人们原先想象的那样使他一蹶不振。他每天天不亮就起床,在雾气腾腾的曙色中到河边刷牙洗脸,在树林里打太极拳,或者沿着河边散步。那件事情之后,他几乎很少跟人们搭话,而是整天心事重重,锁眉不展。他的行为越来越显得乖张而神秘,他那间小屋整夜整夜地亮着灯光,没有人知道他的夜晚是怎样度过的。

在那些日子里,我和杜鹃都患上了失眠症,而他那间屋子散发出来的暗红色的灯光正好对着我们木屋的窗户。因此,一到晚上,杜鹃总要在窗户上掩起一顶竹匾。

货郎的停职检查在漫长的等待之中变得遥遥无期,后来,作为寄居在麦村的唯一一个外乡人,他的自尊心促使他做出决定,跟着社员一块下地干活。一开始,他几乎什么活也不会干。他挖的排水槽像蚯蚓一样弯弯曲曲,他插的秧苗又浅又飘,太阳出来一晒,禾苗就大片大片地枯死了。村上的女记工员曾多次警告他,如果再这样下去,他就不得不被编入丙组劳力的行列中,跟着那些六十多岁的老太太去田头拾麦穗了。

在女记工员趾高气扬的呵斥声中,昔日威风凛凛的神情从他脸上一扫而光,他像一个小学生似的变得唯唯诺诺,无所适从。一年秋天,大队在稻收之后修筑运河,每人承包了相应的土方,大部分社员不到秋末就完工回家了,可是,一直等到冬天的风雪封住了河堤,人们依然能够看见他飘忽的身影在雪花飞舞的河岸上时隐时现。一个大雪初霁的上午,在河岸上饮牛的一个老人看到他一边呕着鲜血,一边挥动着锄头刨着封冻的泥土,不一会儿就在积雪覆盖着的河坎上栽倒了。老人跑下河堤,跑到他身边的时候,货郎已经醒了过来,他没有理会老人要他回家的苦苦劝告,再一次挥舞起锄头,一镐接着一镐地刨了起来。

老人那天上午在河边看到的情景也许在他心底激起了经久不息的感叹,事情过去之后许久,他仍然时常跟村里人提起它来:“人要是走进了一条死胡同,就怎么也转不出来,就像遇见了鬼一样。”

货郎沿着一条倒霉的道路越走越远,知识青年小芙却似乎交上了好运。她梳着当时颇为流行的齐耳短发,穿着肥肥的草绿色军裤跟在宋主任的身后从枣梨园进进出出。由于很少下地干活,她的皮肤依旧保持着往常的白皙,她的身体也比过去更加丰满,神情既明朗又忧郁,这一切都衬出她肢体压抑不住的风韵和活力。就在她即将被调往公社担任新职的前夕,在麦村五月的雨季,发生了一件人们难以想象的事。

一天深夜,村里的一个农民顶着斜斜的风雨,提着马灯去羊圈照料一窝刚刚出生的羊羔。当他沿着那条幽深的弄堂来到村头的时候,在一道闪电的光亮中,他看见一个人影在河边的树林里闪了一下。这个机警而好管闲事的年轻人没有按照原先的意图去羊圈给羊羔换草,而是径直来到了河边。河水哗啦啦地响着,树林里湿漉漉的树枝在风中沙沙地摇晃着,除了河道对岸偶尔传来几声青蛙的叫声外,到处都是雨水流淌的声音。有一阵子,他怀疑自己刚才也许看错了。当他准备提着马灯往回走的时候,他突然从一处篱笆的边上发现了一串脚印,刚才那个人也许是太心急了,在惊慌之余踩坏了篱笆。他举起马灯,看到那串脚印沿着竹篱当中的一块菜地歪歪斜斜地伸向远处。这几乎使他立即就激动起来,他顺着那串脚印,穿过那片篱笆菜地和一片竹林,来到了一间亮着灯光的小屋门前。

年轻人吹灭马灯,蹑手蹑脚地朝货郎的那间小屋走过去。他悄悄来到窗前,里面传出一种他从未听到过的声音,他的心怦怦乱跳了起来。他在墙脚垫了几块砖头,扒住窗沿朝里面窥探,里面正在发生的事差一点没让他喊出声来。

他看见知识青年小芙和货郎一丝不挂地扭打在一起,但仔细一看又不像在打架。他听见小芙嘴里发出一连串类似打嗝的声音,随后,她就哭了起来。

这个雨夜所发生的事使这个年轻人体验到了一种从未有过的感觉,但是,他没有立刻将这件事传扬出去,而是留给自己一个人单独享用。他日复一日地趁着夜深人静的夜色来到窗前,在墙根下一直待到黎明。几天之后,这个目光呆滞、神不守舍的年轻人乖张的举止引起了他母亲的注意,在她严厉的追逼下,年轻人出于无奈,终于很不情愿地向他的母亲倾吐了一切。谁知他的母亲听后只是哈哈一笑:

"怎么可能呢。"

她当天晚上就将这件事告诉了她的丈夫,而她的丈夫则连夜就将这件事向宋主任做了汇报。

五月末发生的这件事使这个年轻人一夜之间就成了英雄。他无论走到哪里,身后都有一群年轻人跟着。有时,他在巷子口遇到几个晒太阳的老头,那些老人也拽住他,让他说说那个晚上看到的情景。每当这个时候,他总是不屑一顾地对他众多的询问者说道:

"城里的女人和乡下姑娘就是不一样。"

当人们进一步追问这件事的细枝末节的时候,他依然用一种含混不清的描述回答他们:

"我的裤子一下子就湿了。"

麦村的大多数人对于这件已成事实的桃色新闻感到难以置信,这对昔日的宿冤在没有达成任何和解的形迹之下突然同床共枕好像越出了他们经验和想象的范围。最后,村里一个赤脚医生在病理学上找到了解释,他在运用了一系列谁也听不懂的医学名词对这件事进行了大量的推断之后,得出这样一个结论:同情心有时会创造出人们难以想象的奇迹。

宋癞子带着他手下的一批年轻人突然包围了货郎的小屋的那天凌晨,货郎和小芙正在床上沉沉熟睡。窗前闪动的马灯的灯火使货郎从梦中醒了过来,在那一瞬间,他还以为天已经亮了,就推了推身边的小芙:

"你该回去了,天已经亮了。"

就在这个时候,宋癞子带人撞开了门板,从屋外闪了进来。在货郎显得惊慌失措不明所以的同时,小芙却流露出女人特有的沉静和镇定,她像往常那样用一种矜持而低沉的语调对宋癞子说:

"你们先出去,等我穿好衣服你们再进来。"

宋癞子想了一下,就朝身边的几个人摆了摆手。

从拂晓到中午的那段时间里,宋主任和小芙一直在枣梨园的办公室里谈话,事后,谁也不知道他们到底谈了些什么。中午时分,人们看见小芙眼泪汪汪地从枣梨园走了出来,她的身后紧紧跟着几个年轻人。

在麦村土生土长的这伙年轻人和城市知青之间素有积怨,他们动不动就在村里的打谷场上大打出手。事实证明,城市知青虽然文质彬彬,但打起架来却身手不凡,另外他们与邻村知青也常有联络,互为援手,因此,每次斗殴他们总是占有上风。在小芙这件事情上,麦村的乡巴佬终于得到了一个报复的机会。

他们将小芙带到村里的晒场上。他们让村里的一个理发匠替她剃掉了头发,然后,他们当中的一个年轻人突然提出,是不是有必要将她的裤子扒下来,让她丑恶的灵魂暴露在光天化日之下……

他的建议立刻得到了同伙们的支持,在这伙人中只有一个人提出反对。这个十六七岁的青年当时正在镇上读中学,在这个关键的时候,他流露出了平常表露不多的纯洁,他用一种女里女气的腔调对他的同伴说:

“依我看,脱掉上衣就可以啦。”

他们随后就为这件事情争执了起来。

当徐复观在一伙知青的簇拥下来到晒场的时候,他们已经将小芙的上衣扯开了。徐复观虽然已经八九十岁了,可是在麦村,他依然是一个令人畏惧的人物。他拄着拐杖走到晒场上,那伙年轻人一下怔住了。小芙兀自站在晒场的中央,目光中透出一种惯有的骄傲而沉静的神色,没有一丝的羞涩。

徐复观跺着脚,举起拐杖指着那伙人,一字一顿地说道:

“毛主席叫你们文化大革命,又没叫你们脱人家裤子……”

在这件事情发生的过程中，人们一直不知道货郎的下落，他在那天黎明被人带走以后，从此就在麦村销声匿迹了。也许他被人押到了公社，也许被带到了更远的一个什么地方。后来，我在麦村一直没有再见到他。

出事后的第二天，人们终于有机会来到他在河边的小屋。屋子虽然破败不堪，泥墙斑驳，但收拾得井井有条，床上那条打满布丁的棉被叠得整整齐齐，一切都保持着一名军人应有的朴素和整洁。我看见一张写字桌上堆满了没有发出的信件，后来大概桌上堆不下了，信件就成捆成捆地码在墙角和床底下。据说，在他刚刚下台的那些时日里，他也曾往公社和县委发过几封申诉信，但这些信最后又转回到了宋癞子的手里。当时，革委会几个年轻的干部曾向宋主任提出：索性将这个货郎送到劳改农场去算了。宋主任则表现出了作为一个领导者的雍容大度："算了，算了，我现在对他已经没有什么兴趣了。"

我注意到，在货郎的写字台上，一本日记簿翻开着，上面用钢笔潦草地写着这样几个字（一则日记的一个部分）：

今天，我终于明白了……

小　扣

我常常通过床前的一只水杯看到过去的人和事。那只水杯中插着一朵枯萎的花蕾,我已经忘了那枝花是什么时候出现在水杯里的,也许是半个月前,半年前,或者更远一些的时候。我好像从未见过它新鲜时的样子。也许小琴或者别的什么人将它拿来的时候是新鲜的,甚至可能还带着晶莹的露珠。仿佛它一经插入水杯,花朵就枯萎了,就像纷纷下落的雪片一经温热的手掌便迅速融化了一样。

这是一枝复瓣的棉桃。干瘪的花朵上爬满了白蚁。这只水杯是枣梨园仅存的最古老的器皿之一,它是用红泥烧制而成的,简陋的工艺使它的外形看上去显得粗糙而笨重,但它黝亮的色泽之中却贮藏着丰富的记忆。我用手指轻轻弹敲着它的外壁,想象的泉水便汩汩而出。当夜晚的月光悄悄地爬上窗台,蓝幽幽的光亮依附在它的边缘,在我记忆深处的枣梨园却是一派阳光明媚的晴空。我长久地注视着它,有时候我什么也想不起来,或者说,即便我通过这只水杯看见了过去,它也是稍纵即逝的——就像风行水上,没有声音,单单留下了一些散乱的波纹。

一九六九年八月,一个乡村巡回报告团来到了麦村。一个白发苍苍的老人在中午酷烈的阳光下颤巍巍地走上了戏台,向人们展示了他死去多年的女儿的一件破旧的褂子,一绺乌黑的头发。他操着浓重的川北山区一带的口音,极为详细地向人们讲述了他的女儿被当地财主迫害致死的经过。

在这位老人的报告之后,伴随着一阵稀稀拉拉的掌声,我看见小扣走到了戏台上。我知道,作为这种新生的仪式的一个部分,她将要对我的过去进行某种回忆和指控。这道程序是预先被排定的,它不仅得到了宋主任和村中的一些干部的支持,也受到了她的泥水匠丈夫的竭力怂恿。因此我终于有了一个机会简略地回顾了我一生的经纬。

尽管在我的内心,我对小扣的这一举动一时感到难以接受,但是,应该说,那个阳光炽热的中午,她只是说出了大部分实情,并没有像我担心的那样怀着怎样别有用心的目的。在她哭哭啼啼的讲述中,有一件事情鲜为人知,或者说我原先以为将它忘记了,经她一提,昔日生活的画面又在池塘四周的树林的背景中重现出来。我仿佛看见一个少年忧伤而孤单的身影走在几十年前的老路上。

那天下午，我像往常一样到私塾学校去上学，阳光暖烘烘的，树上的知了一个劲地叫着，村上的人都敞着肚皮躺在河边的树荫下睡午觉。我昏昏沉沉地来到运河对岸的祠堂前，祠堂的门前空空荡荡，听不到往常学童的嬉闹或者连成一片的背书声。一个伙计从门洞里走了出来，他告诉我，先生今天有事，课就不上了。这时，我看见徐复观先生正站在院中葡萄藤架边上的一张木梯上，手里拎着一串刚刚摘下来的深紫色的葡萄。他探出头，朝我摆摆手：

“你回去吧。”

我顺着来时的路重新朝枣梨园走回去。小扣打开院门的时候，冲着我说了一句：“今天又逃学啦。”我告诉她，今天没有逃学，而是徐复观先生忙于采摘成熟的葡萄，放了我们半天的课。小扣也没再说什么，她关上了院门，就到井台边洗她的衣服去了。

我独自一人朝楼上走去，卧室的门紧紧关着，上面插着的一尾松枝已经叫阳光晒瘪了。我将房门推开的时候，听见母亲在里面惊慌地叫了一声：“谁？”同时，我听见了水被搅动时发出的声音。我立即被眼前看到的情景怔住了：母亲坐在一只椭圆形的木盆当中，正在洗澡。我也许是被什么突如其来的东西吓着了，愣愣地看着她。

“滚出去……”母亲说。

在那个叫人尴尬不安的时刻，我想和母亲说些什么，告诉她今天学校不上课，告诉她徐复观先生正在院中摘葡萄。母亲似乎也想到了这件事情上。

“你怎么没去上学?”她话一出口，就意识到了错误，便立即改口朝我叫道，“你还不给我快滚出去?!”

她一着急，就从澡盆里站了起来，顺手抄起一只盛满水的铅桶朝我劈头盖脸地扔过来。凉水泼了我一身，那只铅桶被扔到了门外，它顺着楼梯咣当咣当地滚了下去。

我下了楼，走到了七月的阳光之中。我的心里掠过一阵说不出的难受。我在空阔而沉寂的院落中不知该往哪儿走。一想到母亲刚才勃然大怒的样子，心里就忐忑不安。这时，我看见父亲书房的门帘动了一下，父亲从里面走了出来，他径直来到我的身边。也许是刚才铅桶扔下楼梯的声音惊动了他。他用一只手在我头上轻轻地摸了一下，将我带到了他的书房里。

母亲随后就走了进来，她的头发湿漉漉的，有一股榛树叶淡淡的香味，她紧挨着我坐了下来，松了口气。

“刚才我听到铅桶的声音，”父亲说，“什么事情?”

我当时是多么希望母亲将这件事告诉父亲，我猜想父亲一定会这样对她说：“这算得了什么事呢？用不着将孩子吓成这样。”于是这件事情的阴影便会立刻烟消云散。

可是母亲没有像我所期望的那样回答他，而是淡淡地说了一句：

“没什么事情。”

父亲看了我一眼，就转过身看他的书去了。这时，我看见小扣提着一只冒着热气的水壶走了进来，她也许是感觉到书房的气氛有些不对劲，一声不吭地给父亲倒完茶，就静静地退了出去。

我不知道小扣为什么要提到这件事，事实上，对于这件极为平常的插曲，小扣最终也不明所以，也许正是它的含混不清的性质使她记得这样牢。我现在已经老了，我的岁数远远超出了母亲临终时的年纪，这件事不再像我童年时许多不安的睡眠那样带给我惊悸或惶恐，不再是一种想象中的罪愆纠缠在我的心头，相反，我现在感觉到它是那样的亲切、圣洁，带着美好而纯净的气息。

整整一个下午，我站在用毛竹和门板搭成的戏台上，被夏天火辣辣的太阳烤得昏昏欲睡。戏台上的红旗在风中哗啦作响，旗帜殷红的绸缎不时从我脸上拂过，带给我一种凉森森的感觉。会场上的高音喇叭不时发出一阵嗞嗞拉拉的刺耳的声音。小扣的讲述是那样的沉闷、冗长，等她终于说完她要说的话，太阳已经落山了。

小扣讲完了话，并没有立即离开戏台，而是迟疑不决地朝我走了过来。在台下人群中响起的一阵骚动声中，我几乎猜到了她朝我走过来意味着什么。她扬起手在我的脸上狠狠地扇了一个耳光。由于她过于用力，我看见她那双裹过的小脚上的肉都从鞋帮上鼓了出来。随后，一个民兵绕到我的身后，冷不防在我的腿弯上踹了一脚，他的这一脚踢得那样准确而又恰到好处，我几乎立刻就跪了下来，就像是我自己自觉自愿地跪下来的一样。

等到人群散尽后的傍晚，杜鹃扶着我朝家中走去。她告诉我，当小扣朝我走过去的时候，她怎么也没想到她会那样做。我问她，如果你换成了小扣，你会那样做吗？她认真地想了想，没再吱声。

小扣身上突然出现的这种变化并不是偶然的，它显然是经过深思熟虑之后的一种选择。这一点，我在一个月前就隐隐约约地感觉到了。那天，我跪在运河边一处松柏苍翠的烈士墓前，一整天都在盘算着自己想象之中的死亡。我在晌午的时候，曾经晕过去一次。当时重病在床的杜鹃央人把小扣叫到了屋里，她让小扣给我往墓地送碗水喝，小扣想了一下就答应了。当她端着一碗水走到烈士墓的边上，立刻被村上的一个干部喝止住了。我看见小扣犹豫不决的身影突然停了下来,就和她刚刚来到枣梨园时那种若有所失的神情一模一样。她当时遇到了这样一个难题:要么将水端给我,要么返身走回去。最后,这个聪明的女人终于想出了一个模棱两可的办法,她朝前走了几步,装出被一绺树根绊倒的样子,在地上重重地摔了一跤,将手里的那只蓝边碗抛出了很远。

宋癞子

宋癞子的好时光是在一个不尴不尬的午后突然结束的。我知道在这样的一个年月里,一切都显得乱糟糟的,死亡既使人感到不甘心,又让人感到不伦不类,甚至有些可笑。当噩运的绳索突如其来地套上了他,我疲惫不堪的身心已使我觉察不到期待已久的喜悦。由于时间过于漫长,期待的种子早已在我的心田里悄悄腐烂。正如仲月楼曾经跟我谈到的那样:当你倾慕已久的女人突然来到你身边的时候,你的躯体早已变成了一堆狗屎。

那天下午,村里的一个女人来到宋癞子开的小店买火柴。像往常一样,宋癞子收了钱,将一包火柴递给她。女人接过那包火柴看了看,抱怨说火柴也许受潮了,能不能换一包?宋癞子笑了起来,灰溜溜的眼神在女人的身上转来转去:“你一来,我店里所有的东西都变潮了,我的裤子也潮了……”女人似乎立即就明白了他话里的意味，显得有些不好意思。随后，她突然发现宋癞子的眼神有些不对，当宋癞子中风跌倒，身体朝她扑来的一刹那，女人咯咯地笑了起来：宋癞子，你他妈的可不要吓我。宋癞子没有理会她，他的身体像一棵被锯倒的树一样直挺挺地倒下来，在撞翻了一张木凳之后，重重地摔在地上。他的一只手紧紧地拽住了女人的一只裤管。女人费了好大的劲才将宋癞子的手掰开。后来，一直等到宋癞子死后很久，这个女人依然絮絮叨叨地向人们提起这件事：

“死都死了，还他妈的那么老不正经。”

宋癞子在小店里晕倒的时候，他的那个在五十年代出生的外孙女正在村头的一块水泥场上翻晒稻谷。买火柴的女人冲出店门后朝着她大叫起来：

“你外公昏过去啦！”

那个女人扶着晒耙朝这边张望了一阵，像是没有听清楚她的话，又继续用晒耙摊着稻谷。买火柴的女人在小店的门口急得直跺脚。她沿着门外的池塘边缘朝前跑了几步，气急败坏地亮开嗓门，叫了第二遍：

“你爸爸死过去啦！”

四天之后，宋癞子第一次苏醒了过来。他托村里的医生带信给我，希望在临死前能够见我一面。我不知道宋癞子为什么在这样的时刻希望和我见面。医生说，也许有些什么事他要向你交代一下。我突然感到不寒而栗。和杜鹃一样,我往往一想起他那张阴沉而古怪的脸就会本能地感到恐惧和不安。软弱和奴性就像癌细胞一样,它一旦侵入人的肌体就永远无法消除,我的眼前又一次浮现出在战争年月掩埋尸体时的情景:那些被埋入泥土的濒死者不会安于命运给予他们的死亡,在冰凉的月光下,它们会突然露出利齿或者伸出手来,紧紧拽住你的脚踝……在你将它们拖入坑穴的途中,它们会出其不意地在你的肩上咬上一口。

在那幢阴暗的住宅的底楼,我看见宋癞子躺在门边的一张竹床上,两眼直勾勾地盯着在风中掀动的门帘。看到我进来,他的眼球缓缓地转动了一下,嘴角慢慢呈现出一道不经意的沟纹,通过这道沟纹,我意识到,他那时正在竭力做出一副笑容,它像往常一样恶毒、凶残、心怀叵测。

低垂的窗幔遮住了户外的光线。屋子里显得阴晦而沉寂。他女儿的身影悄无声息地在幽深的过道里晃来晃去,显出一种压抑不住的烦躁。这个左手长着六个指头的女人从她出生的那天起就被刻上了耻辱的印记,并且在长年累月的时光中饱受了流言的滋养。在她长到十六岁的那年夏天,她的母亲在澡盆里割断静脉辞别了人世。与此同时,变化的时局像突然间改变了方向的一道劲风开始吹进宋癞子的窗台。一九七七年五月,被免职之后的宋癞子在临河的一幢棚屋里开了一处代销店,并又一次使自己成了麦村棉农意识的中心。人们日复一日地来到他的小店买盐巴、香烟、酱油和肥皂,这使他一度颇为得意。有一次,他公然对一位前来打酱油的女中学生不怀好意地说:

“我就是在酱油里撒了尿,你还不是照样喝得津津有味?”

过道里靠墙的地方放着一只漆成红色的四仙桌,桌上放着一台黑白电视机,荧光屏闪闪烁烁,好像正在播放着一场球赛,电视解说员激动不已的嗓音听上去显得做作而虚假。六指女人和另一个男人并排坐在电视机前,脸颊显得蓝幽幽的。

宋癞子用一种模糊不清的声音咕哝了一句,同时做了个手势。六指女人扭过头来看了他一眼:“又要拉屎,整天就拉屎,撒尿……”她用胳膊碰了碰身边的那个男人:“这回,你去吧。”

那个男人皱了皱眉头,露出一副嫌恶的样子,好像他已经闻到了空气中飘过来的粪便的气味:“还是你去吧。”女人立刻就显露出一副很不高兴的样子,她“啪”的一声就把电视机关上了。那个男人很不情愿地从椅子上站起来,很不情愿地朝这边走过来。六指女人又一次将电视机打开,一边嗑着瓜子,一边将她光溜溜的脚趾伸到了桌沿上。

整整一个下午,他都在断断续续地和我说着话。他是那样的害怕死去,甚至忌惮“死”这个字眼,就像一个人在化冻的地面上走过,碰到泥泞就绕过去,仿佛死亡并不是附着于我们的体内,而是刚刚被人发明出来的一个新词。我用一种清醒的冷漠注视着他,有一阵子,我似乎感到了一点轻松和愉快,但随后又被一块沉重的阴云掩盖住了。我注意到,宋癞子一直试图告诉我一桩事实,或者提醒我看到一件事实,但他终于没有说出口。最后,他放了一个屁,用一种异常清晰的语调说出了他一生中最后的一句话:

“我早知道,没有一个人有好结局。”

在这样一个时代,死亡已经失去了往常那悲伤而庄重的气氛,它有时就像一个玩笑那样轻松。宋癞子被时间的轮盘甩开的那一瞬间,用精明而锋利的神智在记忆中搜寻一个陪伴者。他最后选中了我,并不仅仅因为我是这样一个合适的人选,而是由于他深知昔日的淫威在我的躯体内沉积不散,并且对我无用的软弱和宽厚存有信心。所以,我的到来并没有使他流露出一丝感激和愧疚,相反,他脸上毫无保留地呈现出一种讥讽的笑容。

宋癞子的死正好赶上麦村一带的收获季节。繁忙的农事使他的尸体在屋外的一个鸡棚里存放了很久。一个星期之后,一辆进城运砖瓦的拖拉机将他捎往县城的火葬场火化。

杜　鹃

宋癞子在临死前没有来得及向我交代的那件事，我不仅早就谙熟于心，而且在冗长而沉闷的岁月里，它一直在我的内心成为一个无法排解的纽结。在宋癞子看来，由于杜鹃的早死，他担心那个无人知晓的秘密会最终被他带入坟墓，因此，在他的弥留之际，他是那么急切地希望能够见到我，最后一次使用一下他的权力，以便在他死后，使他留在尘世的阴影依旧能够对我早已支离破碎的灵魂发挥作用，尽管冥冥中的时间没有给他提供这样的机会，但从某种意义上来说，他早就达到了目的。

一九三九年的秋天，我沿着一条由卖狗皮膏药的艺人提供的路线从东驿回到麦村。当那片蜷缩在桔麓山下的村庄突然在我的视线中呈现出来的时候，我的双眼立刻被喷涌而出的泪水糊住了。我的悲伤不仅仅是由于相同的事物在不同的境况中所带给人的那种辛酸的差异，更多的是出于一种我无法说明的深深的不安。我在懒洋洋的阳光下走进枣梨园的深处，触景伤怀的顾影自怜使我没有意识到正悄悄向我走来的危险。

我绕过那间静寂的蚕房，走进了一片竹林。我看见厢房的房门紧紧地关闭着，朝西的一道垛墙浸没在夕阳之中，一群麻雀栖息在屋顶的瓦楞上，啾啾地鸣叫着，屋前稀疏的树木在风中簌簌战栗……

那扇门吱吱地响了一下，一个人从里面探出头来，他四下张望了一下，然后径直来到墙边的一个麦秸垛边撒尿。那时，我并不知道他就是宋癞子，或者说，我即便是想到了他（也许我的第一个念头就想到了他），也无法使自己相信这一事实。

我对自己说，由于卖狗皮膏药的老人给我指出了一条错误的返乡之路，错开的时间为这一情境的出现提供了可能。

通过一扇半开的窗户，我看见宋癞子光裸的背脊上汗涔涔的，杜鹃躺在床上，一条腿从床沿挂了下来。她的手紧紧地勾着宋癞子的脖子，头在深陷的枕头里摇晃着……宋癞子将她的双腿扛在自己的肩上，然后用力拧了一下她的乳房。他是那样的用力，以至于杜鹃立刻就叫了起来。我曾经是多么的熟悉它，像是缀在扁平的胸脯上的两只圆头布扣，它机敏、警觉，仿佛具备着活跃的生命……

在厢房左侧的树林里，一道小溪嚯嚯流淌着，在一连串铮铮淙淙的金属般的声响中，水流反射着夕阳金子般的光泽。我来到了溪流边晦暗的树林里，好像想起了一件什么事，伴随着一种静静的欲望，过了很久，我才意识到自己原来是想拉屎。凉飕飕的水汽扑面而来，成熟的棉花淡淡的香气在风中缓缓飘荡。我蹲在溪边，一口气拉出了一大堆粪便，我感到自己从来没有拉过这么多的屎，在那一刻，一种痛快而欢畅的水流洗遍了我的全身，我张开嘴，冲着暮色四合的一带村树大叫起来——可是，我发不出任何声音。

这天晚上，我是在九斤和尚的烟草滩里度过的，这个一向沉默少语的老人当时已经衰老不堪。许多年来，他一直在运河岸边种植烟草，这种单调的劳作使他仿佛又回到了当初出家时的岁月之中。整整一个晚上，我都看见他坐在河边的一块裸石上，一锅接着一锅地吸着烟，在闪闪烁烁的星辰的光亮中，默默地守候着黎明的到来。

第二天一早，我再次回到枣梨园的时候，杜鹃正从豆地里回来，她头上裹着一方蓝布花帕，上面黏附着露水和草茎。她用涟涟不断的泪水向我显示出她的惊悸、委屈、伤心，以至于愤怒，唯独没有一丝羞怯。我感觉到，在我泥泞不堪的道路尽头，一盏灯突然熄灭了。

一九七二年除夕的午夜，辞岁的鞭炮在凝重的空气中炸响的同时，杜鹃在渐渐扩散的癌病中悄然死去。她温暖的身体静卧在四面透风的木屋的床上，在屋外飘飘扬扬的风雪中慢慢变冷。我的脑子里突然感到了一种尖锐的痛苦。

杜鹃是一个固执的女人，虽然纷乱的世事曾经一次次击打她体内脆弱的信念，将她原来自在而沉静的内心搅得一团糟，但是，毫无疑问，她相信时间，相信那些没有承诺无法兑现的希望。甚至，在癌病朝她袭来，使她卧床不起的时刻，她一直没有任何的抱怨。

在杜鹃最后的日子里，就像她刚刚出嫁来到麦村的时候一样，她整日整夜地跟我说着话，说起过去的一些有趣的事，说起那只盛满井水的木桶——井水在木桶里泡上一整夜，第二天，水中就带有一种木屑凉冰冰的味道。她告诉我，在她的故乡，在那条烟波浩渺的河道上，她的生活快乐极了，像风一样自由自在，无拘无束。有一次，她的一枚戒指掉到了河里，使她一连几天都郁郁不快。一天晚上，她看见那枚戒指从河面上浮了起来，便将她的祖父拉到了船舷边。她的祖父告诉她，在水中漂浮的那枚戒指是天上的一颗星星……

杜鹃不知道她的故乡在当时和中国大地许许多多的农村一样，正在发生着深刻的变化，因此，她一次次地对我说，她是多么愿意再一次回到她的家乡，回到那只船上去——她常常趴在船头的铁锚边睡觉，那只充满温馨的船在幽暗的灯光下驶向黑夜的深处,她在梦中听到黄鹂在岸边的树丛中叫唤,听到撒网的沙沙声,然后清晨初升的阳光将她弄醒。

这一年的夏天,江水暴涨,洪荒肆虐。到了冬天,天气就变得格外寒冷,积雪长久不化,杏黄色的云霭低低地压在村舍的上空,在瓦楞上形成一带灰蒙蒙的絮云。除夕的前一天,杜鹃突然从躺了几个月的床上爬起来,她一声不吭地穿好衣服,独自一人走到了屋外的风雪之中。我并不知道她已经走到生命的最后一刻,只是感觉到她好像意识到有一件事情没有做完。傍晚的时候,我看见她从户外回来,她当时的身体是那样的虚弱,走几步就要靠在一棵树下喘息。

她从村里的年货摊上买回来一卷红纸和一筒画轴。她小心翼翼地将画轴打开,那是一幅新出版的毛主席画像。

"这间房子里阴气太深了。"她向我解释道。

我久久地凝视着那张画像,像我以前看到的一样,他满面红光,目露慈祥的微笑,腮边有一颗肉痣。

这天晚上,杜鹃躺在床上,整整一夜都在为这张画像发愁。这间狭小的木屋里堆满了杂物,墙上依次挂着竹篮、筛匾和一簇簇晒干的玉米和辣椒,找不出一块可以挂像的空处。最后,杜鹃让我用米汤将它糊在了门扉的背后,她长时间地望着那幅画像,泪水夺眶而出。

杜鹃是在第二天的深夜突然告别人世的。临终前,她突

然将我叫到了床边,用一种喑哑的嗓音对我说:

“现在,我要告诉你一件事……”

我的眼泪流了下来。我告诉她那件事我在回到了麦村的第一天就知道了,因此,她用不着再提它。

杜鹃看了我一眼,又接着说:

“还有一件事,你不知道……”

杜鹃告诉我,在她得知我在那年春末被押往越河劳改农场的当天晚上,她再一次来到了宋癞子的住处。

“我想,反正已经有过一次了,再多一次也没什么。”杜鹃说。

当她怀着一个天真的愿望央求宋癞子将我从劳改农场放回来的时候,宋癞子却用一种不冷不热的语调对她说:

“你要是再年轻十岁,我也许会考虑一下这件事。”

最后,宋癞子还是将她留了下来,他用绳索将她绑在椅子上,然后用缝衣针刺她……

杜鹃默默地侧过脸去,泪水无声地溢出眼眶。过了一会儿,她又缓缓转过头来,看着我,嘴唇翕动着,仿佛依然在向我说着什么。我的眼前又一次浮现出她趴在木桶前像牛一样咕咕喝水时的情景;浮现出那顶轿子在封冻的季节里来到麦村,她从轿子里走下来,旗袍被一根竹篾挂住的情景……

午夜时分,村里的高音喇叭突然发出一阵尖厉的怪叫,接着，在一连串紧锣密鼓的叫板声中，喇叭里出现了一段清晰的京剧唱腔：

> 十七年风雨狂怕谈以往怕的是
>
> ……

杜鹃最后一次睁开了眼睛，脸上显露出一种痛苦而恐惧的神情。

"我听见有人在水上唱歌了，"杜鹃说，"就在河道的那一头……"

杜鹃的声音越来越小，她温热的躯体在冷风中渐渐变得僵硬。

我仿佛也听到了想象中水乡的歌声，它带着湿漉漉的水汽，在月光朣朣的河面上飘荡，萦回，越走越远。

仲月楼

一九七〇年夏天的时候，我在水杨庄养猪场的一个粪池边上最后一次见到了仲月楼。那是一个燠热潮湿的晌午。粪池的四周长满了齐腰深的青蒿，草丛中开满了一朵朵黄色的小花。仲月楼手里捏着一盒火柴，兴致勃勃地向我演示他最近的一项发明。

在我们漫无边际的交谈中，我感觉到仲月楼的神智已经衰朽到了只能产生幻觉的地步。在过去的那些年月里，他在水杨庄先后做过农药调配师、仓库保管员、兽医，最后被指定为养猪场的饲养员。他指着面前的那块椭圆形的粪坑，用一种揶揄的语调告诉我：一生的岁月所留给他的全部财富只不过是一潭猪粪。他这样说，并不意味着他对这种单调而肮脏的工作表示怨恨，事实上，他的习惯于异想天开的禀赋使他早就对这些粪便产生了一种盲目的热情。有一天，仲月楼从省报中缝的一条栏目中看到了提炼沼气的方法，便如获至宝地将这一消息小心翼翼地剪下来，随后，他将妻子买油盐的钱克扣下来，托人从城里买来了一本《沼气常识》。他整日整夜地蹲在茅坑的边上，像等待女人分娩那样守护着那片臭气熏天的粪池。

他不知疲倦的研究和实验在开始的时候常常使人迷惑不解。在仲月楼开玩笑地将自己封为一位科学的马克思主义者的同时，村里的大多数人则把他这一乖戾的举动看成是精神分裂的前兆。

仲月楼在村里逢人便说：沼气无所不能，它产生的火源不仅可以煮饭烧水，而且还可以照明，甚至可以用它来发电。他的这些荒唐的念头除了他那个七岁的儿子耳濡目染、深信不疑之外，几乎没有什么人理会他。仲月楼告诉我，农机站长和他妻子所生的这个儿子在幼年的时候就显露出令人惊异的聪明，这个从前使他感到羞辱和厌恶的生命，随着时间的推移渐渐地成了他的安慰与骄傲。

“我常常以为他的确就是我自己的骨肉，”仲月楼说，“人的念头有时就是非常古怪。”

一个夏末的黄昏，仲月楼被人从高高的批斗台上推下来，身体像个皮球似的在人群的拳脚之中朝前滚动。他那不到四岁的儿子独自一人站在梧桐树下，目睹了这辛酸的一幕。在那场集会结束之后,他从被太阳烤得炙热的沙地上昏昏沉沉地站起来,显得不知所措。人群都散去了,在空空荡荡的操场边上,那个小孩依旧在树下望着他。随后,这个小孩迈动着战栗不稳的步子朝他走过来。他的眼中饱含着屈辱的泪水,径自朝他那顶被人打落在地的帽子走过去。那顶纸糊的高帽早已被人踩扁了,在风中翻滚着,那个光着屁股的小男孩在阳光下追逐那顶帽子的情景使仲月楼体验到了一种从未有过的黯然神伤。在那个瞬间,他感到这个小孩所带给他的所有的耻辱和不幸似乎立刻化为乌有。

"的确,"仲月楼说,"我感到自己的血在他的肌肤里流淌。"

和这个聪明伶俐的男孩相比,他的第二个孩子则显得愚不可及。在她去年夏天得肺炎死去的时候,仲月楼并没有感到过分的悲伤,她死后的当天,他就将她装进一只麻袋,扛到自留地里埋掉了。

当时,仲月楼的妻子已经度过了那段欲火难禁的中年时期,她像一条汹涌澎湃的河流经过险峻的山谷之后,来到了坦荡的平原上,水势变得舒缓而平静。这个比仲月楼小十三岁的女人慢慢收敛了自己的欲望,多次向他做出重归于好的暗示。

这年春末的一个晚上,天空下起了暴雨,农机站长像往常一样,突然出现在仲月楼住屋的窗下。他的手指在玻璃窗上轻轻地叩了三下。熟睡中的妻子突然从梦中惊醒,从隔壁的房间走了出来。

“我忘了将树林里拴着的几只羊牵回来了。”他的妻子一边心慌意乱地穿着雨衣,一边淡淡地对仲月楼说了一句。

“那你就去吧。”仲月楼说。他意识到妻子的借口变得越来越简单、马虎,仅仅成了一个多余的形式。这使他有些不高兴。妻子走了以后,仲月楼怎么也睡不着,他想到农机站长也是有妇之夫,因此他们幽会的地点总是在村头池塘边的一处茂密的树林里。他想到他们在滂沱大雨中干那样的事,就觉得受不了。他长期以来总是保持着这样一个习惯:在这种事情上,他的意念只是在它的边缘逗留,从来不敢深想下去。

第二天,仲月楼就发起了高烧。在他生病的那些日子里,他的妻子整天守候在他的床边,用泪水向他表达了他期待已久的忏悔。仲月楼并没有对她显露出一点原谅和感激的表示,在他看来,妻子的这一变化只不过是这个放荡的女人渴望回到平静家庭生活中来的一种信号,因为,她现在需要宁静、安全和归宿。对于仲月楼来说,他除了压抑中的嫉妒和愤懑之外,已经产生不出什么其他情感了。他妻子的回心转意使他感到了莫名其妙的恐惧和无所适从。随着平庸的家庭生活可能再度来到他的身边,仲月楼似乎担心再也不能从嫉妒和愤怒中汲取生存的勇气了。一天晚上，当他的妻子抱着铺盖卷要重新与他同睡一床的时候，仲月楼以一种冷冷的自怨自艾喃喃说道：

“这回，我真的要完蛋了。”

果然，在他们同卧一床的第二天，他的妻子就用一种强有力的声音抱怨他身上“到处散发出来的猪粪的味道”。接着，她用连续不断的唠叨规劝他放弃提炼沼气的想法。这使仲月楼多少感到有些奇怪。在他刚刚开始沼气实验的那些日子里，他那被情欲搅得无暇他顾的妻子不仅没有干涉他的计划，反而总是不断鼓励他：

“好好干吧，这是一项了不起的发明。”

这天晌午，我和仲月楼蹲在那处粪池的边上，被夏日的溽暑弄得头昏脑涨。他两眼直勾勾地盯着污黑的粪便中冒出的一簇簇气泡，显得很有耐心。过了一会儿，仲月楼又一次从口袋里掏出了火柴，由于过于激动，他的手痉挛似的跳个不停。在连成一片的蝈蝈的叫声中，我听到了火柴被划着的声音。他小心翼翼地将燃烧的火柴投入粪池，随后立即抓住了我的手，低声说道：

“你看，火苗蹿上来了……”

我看见了一股蓝幽幽的火苗，它像一朵摇曳的牵牛花蕾在空气中颤动着，一股类似于酒精的气味迎面扑来，在粪池四周慢慢弥散开来。

在那一刻，仲月楼紧锁的双眉渐渐松弛开来，他长长地吸了一口气，脸上浮现出一绺灰暗的笑容。

他告诉我，他长年累月独守茅坑的成果也许永远只能停留在实验阶段，因为他怎么也无法想象怎样用它来烧水煮饭。

“除非——”仲月楼瞟了我一眼，像是在征询我的意见，“我们能够做一只像粪池那样大小的钢精锅。”

黄昏时分，我告辞仲月楼返回麦村，他一直将我送到村头。我沿着正在抽穗的稻田之中的一条小路已经走出了很远，仲月楼叫住了我，好像要跟我说些什么。我事后想到这也许是他不久之后的死亡所泄露出来的最初征兆。我在稻田之中站住了，我看见仲月楼的身影远远地站在村头的一棵树下，朝我挥了挥手——表示他已经改变主意。

我回到麦村一个月之后，收到了仲月楼寄来的一封信。他在信中说，他很想知道在他死后我如何替他书写一道墓志铭。

这封信所透露出来的不祥的信息并没有使我感到震惊。实际上，在我们以往朝夕相处的战争年月中，我们曾不止一次地讨论过自杀，我知道，对于仲月楼（或者我）来说，自杀早就不是一种令人恐怖的意念，它只不过是一把神秘的钥匙，通过它，可以打开通往另一座掩蔽体的大门。仲月楼随身携带着这把钥匙，在流逝的岁月中，用想象和梦境磨砺它，使它永不生锈。而现在，他已经悄悄地将它从身上掏出来了……

那天晚上，我坐在木屋的油灯下，在书写那道墓志铭的时候，我禁不住热泪满面。我心头也曾多次掠过这样的一个念头：给他写封信，规劝他放弃自杀的念头。但是，我找不出一点可以说服他（同时也可以说服我）的理由，我便担心，我的劝阻反而会使他感到羞辱。我从深夜一直坐到第二天黎明，我的脑子里一片空白。我意识到，此时此刻，对我来说，仲月楼已经从尘世上悄悄地消失了。

在我寄出那道墓志铭后的那年冬天，我听到了仲月楼的死讯。

一个平平常常的中午，仲月楼突然从养猪场回到了家中。那时，他的妻子正在屋后的菜园里薅草，她看见丈夫在后门边朝她招手，还以为又出了什么事，就赶紧朝家里走来。她刚刚跨进门槛，仲月楼就将她拦腰抱住了，他用一种近乎粗野的方式剥掉了她所有的衣服。那时，邻居的一位十三四岁的姑娘正好来到他家借锄头，她见状扭头就跑，她忐忑不安地跑到家中，冲着她正在吃饭的父亲大叫起来："反革命分子强奸妇女啦……"她的父亲问明了情况，反手就给了她一巴掌。

仲月楼的尸体是在这天傍晚被一个挑粪的农民发现的。那个农民看见粪池边搁着两只空酒瓶和一盒散开的火柴。他费了九牛二虎的力气才把仲月楼沉甸甸的尸体从粪池里弄上来，臭气熏天的粪便沾了他一脸，这使他禁不住破口大骂：

“寻死也不挑个好一点的地方！”

仲月楼的死给他妻子带来的首先是一种愤怒，她对村中前来吊唁的邻居和亲戚一遍遍地重复着那句使人不明所以的话：

“这算什么呢，自杀谁他妈不会，这个骗子，流氓……”

胡　蝶

一九八一年四月的一个下午，我在睡午觉的时候，听到楼下有人敲门。我想，在刚才的睡梦中，敲门声就已经响过好长一阵子了，我的耳朵有些背，没有听见。我从床上起来，摸着楼梯的扶手从楼上下来，到院子里去开门，敲门人一定早已等急了。

来人是一位邮差。他将一封挂号信递给我，然后让我在一张收据上签了字。邮差问我，能不能进来坐一会儿，喝碗水。我就请他进来。邮差一边将自行车靠在墙上，一边重复着刚才的那句话，表示仅仅坐一会儿，因为他在天黑之前还要赶回乡里的邮电所。

这封挂号信是从县里寄来的，信封内装着一页红头文件。大意是说，我的历史问题已经解决。言外之意，几十年的风风雨雨到头来只是一场误会。不过，文件里并没有任何表示道歉的话,文句规范冷漠,措辞极为勉强,看起来更像是一种有限制的施舍。

我给邮递员倒了一杯茶,他喝了一口,然后抬起头来看着我。尽管他并没有看过这封信,可是他早已知道了信中的内容。他告诉我,这些天他总是在送类似的信件,有些人不等看完信就已泣不成声。我对这件事反应冷漠使邮差感到有些奇怪。

“你算是幸运的了,”邮差说,“我在送信的时候,常常找不到收件人,因为他们已经死去多年了。”

邮差慢慢地喝着茶,不时地朝院子里张望。我想他一定是在搜寻杜鹃的影子。因为在往常的年月,每当他送信来,总是杜鹃去收接。我告诉他,我的妻子在八年前就已去世了。绿衣人怔了一下。大概刚才他只不过是随便环顾了一下四周,并不是我想象的那回事。不过,他很快就反应过来。

“她没能等到今天真可惜,”邮差说,“要不然还不知道要高兴成什么样子呢。”

我说她也许会高兴的。

“现在好了,一切都过去了,用广播里的话来说:坚冰已经打破,航道已经开通……”

邮差坐了一会儿就起身告辞了。临走前,他问我有没有什么信让他带到乡里去投寄,我说,我现在已经没有什么人可以写信了。

“平反”这个新的词汇是跟着城里的夹克衫、喇叭裤和流行歌曲一起来到麦村的。伴随着一系列新奇的事物的出现，我感到周遭的世界又发生了一种急遽的变化。而且这种变化突然加快了速度。如今，时间已经将我撇在了一边，我对一切又重新感到了陌生。我日复一日被难熬的寂静所围困。麦村的人像是对所有的事情都丧失了兴趣，人们彼此之间很少说话，即使偶尔交谈一两句，也是心事重重。饱含提防、猜忌的缄默不语再次成为时尚。麦村就像一条湍急的河流，一夜之间就变得风平浪静了，连树上的鸟儿也懒得叫唤。

在我这样的年纪，当然不会去指望一场筵席好得没有尽头，何况，这场筵席我早已厌倦了，所以，我没有理由去抱怨什么。在我的一生中，每一时刻似乎都被光阴刻下了耻辱的印记，尽管我一直试图和周围的环境协调一致，但总是漏洞百出、捉襟见肘。仿佛我这个人天生就做不出一件让别人（或者我自己）感到高兴的事。

那天下午，当邮差问我有没有什么信可以让他代寄时，我突然想起了胡蝶。我不能肯定她现在是否还活在人世。我眼前浮现出许多年前那个细雨迷蒙的黄昏，浮现出胡蝶叫喊中的身影，我的心一下就乱了。

几天之后，当我走在去东驿的路上，我依然弄不清楚自己为什么要去看她。我只感到了一种模模糊糊的愿望，希望我们的这次相见能够卸掉长年来积压在我胸口的一部分重负。

长途汽车经过五个多小时的行驶，在中午前来到东驿的地域之内。一座座冒着黑烟的厂房在树木的背景中突然显现出来。那条熟悉的河道流淌着浊水，河流两边堆满了造纸用的稻草和芦苇，空气中弥漫着一股纸浆和沥青的气味。我通过汽车的玻璃窗注视着这座陌生的村镇，几乎找不到一丝往昔的影子。

我在一家造纸厂的职工食堂找到胡蝶的时候，她正坐在一处锅炉房的门边削着土豆。她的脸颊像一盆发酵过头的面粉一样显得虚弱而浮肿，铅灰色的头发在风中拂动，看上去，她如同一只被人弄坏的玩具似的弱不禁风。

她深陷的眼眶四周泛着青色的晕圈，久久地凝望着我，仔细辨别着我发出的声音，在沉重的空气中搜索着什么。她一边和我搭讪着，一边不时地从鼻孔里挤出一绺长长的鼻涕，然后将它抹在地上的枯草上。

"我已经记不清过去的那些事了，"胡蝶冷冷地对我说，"再说，我的眼睛已经瞎了，什么也看不见。"

"三八年，我在东驿养伤……"

"你也许确实来过东驿，我大概也看到过你，可是我一点也想不起来了，听起来就像是上一辈子的事。"

胡蝶打了一个饱嗝，将嘴里的酸水吐在地上。

“你的眼睛怎么了？”我问她。

“在二十岁那一年，我得过一场病。”胡蝶怔了一下，然后说，“你来找我有什么事？”

“没什么事。”

“如果你的什么亲戚要调到造纸厂来，得去和厂里的头头们谈，你只要舍得花钱，事情总是办得成的。”

这时，她已经削完了土豆。她站起身，冷不防放了一个屁。她抱歉似的对我笑了一下，仿佛在对我说，她已经没有时间和我闲聊下去了。

我看见她端起畚箕，摸摸索索地朝食堂里走去，她走到门边的时候，不小心撞在了墙上，手里的土豆撒了一地。

我悄悄地离开了那里，沿着原路朝长途汽车站走去。我在想，胡蝶刚才和我说话时显露出来的冷漠也许是装出来的，也许是出于对过去的淡忘，我不敢肯定，但不管怎么说，她已经成了另外一个人，和我毫不相干的一个陌生人。她曾经那样小心翼翼地珍藏着的那种骄傲、矜持的禀性，现在，它已经不复存在了。这就像一棵挂满冰碴的树木，它的冰清玉洁的形容有着特定的季节，经太阳一晒，便消失得无影无踪。

在返回麦村的路途上，面对着起伏的丘陵和蜿蜒的山道，我仿佛听到了一种久远而空旷的声音，在一阵沉寂的喧响中，我的眼前出现了一个和尚披着袈裟的孤单身影。我记起我在幼年时曾经读过的一本书，它是明代真金道人所刻的书帕本的《寓言》。

这本书记载了一个名叫灯草的和尚去罕达途中的经历。按照李贽在《续焚书》中的解释，灯草和尚历经种种艰难去西天，并非为了取回传说中的经卷，而是为了给自己预见之中的死亡找到一个合适的借口。

这名长年蛰居在扬州城外的高僧在一天黎明突然醒来，为梦中的一个名叫罕达的地方所吸引，便匆匆准备了行囊，在一个大雪封路的早晨踏上了去西天的茫茫旅途。他在经过一年零六个月的长途跋涉之后，被一条湍急的河流挡住了去路。依照现在的地理概念，那条河流实际上就是黄河，而他后来老死的那片荒无人烟的河滩离当时繁华的洛阳城只有七十多公里。被河流阻隔的悲伤并没有妨碍这个和尚产生出一种荒唐的错觉，在这种错觉中他固执地相信：自己来到的这处地方就是罕达。

两个月后，在一个漆黑如鸦的夜晚，灯草和尚在黄河奔腾的浪涛声中，面对着天空变幻不定的闪闪星斗，在河边的沙地上匆匆留下了他一生中最后两行偈句：

盈盈一水间

脉脉不得语

寂静的声音

一个三月的下午,就在麦村小学的师生准备用一种新的仪式为徐复观庆贺百岁寿诞的前夕,他躺在祠堂天井中的一张藤椅上静静地死去了。当时,那座行将颓圮的祠堂的房梁和瓦楞上密密麻麻地栖息着一群雨燕,它们灰褐色的影子在凋敝而阴晦的天井上空飞来飞去,在徐复观的身上撒下了点点鸟粪。

徐复观的死标志着一个特定时代的结束,因此,四天之后举行的葬礼带有一种明显的喜庆气氛。村里的大部分人都赶来为他送葬。徐复观的骨灰由一个小学生捧着,送葬的人群沿着运河的堤岸,在绵绵细雨中,朝桔麓山下的墓园缓缓走去。

小琴是在葬礼的前一天回到麦村的。一年前,她跟随着一支乡村建筑队进了城,在一户大学教授家里当保姆。我在墓地边上见到她的时候,她正和知识青年小芙悄悄地说着什么。女人之间亲密的窃窃私语常常带给人安详而美妙的遐想,尤其是当我从她成熟而艳丽的脸上看到小扣当年的轮廓,心头不禁悠然一动。我感到纷乱错杂的时间再一次将我带到了清醒和沉睡之间的某个地方。

小琴装出没有认出我来的样子,依旧絮絮叨叨地跟小芙谈着一件开心的事。我看见小芙几次差一点被她逗得笑起来,可是葬礼上微弱而虚幻的庄重气氛使她控制住了笑声,但笑容还是从她肌体的各个部分清晰地呈现出来。

一九七九年,来到麦村的插队知青悄无声息地返回了城里。小芙却独自一人留了下来。第二年春天,她嫁给了村里纺织厂的一名技工。她来参加徐复观葬礼的时候,她身边的女儿看上去已经有四五岁了。也许是因为徐复观使她避免了一次当众受辱的窘境,她对这位已故的小学校长始终保持着默默的尊敬,所以,在葬礼快要结束的时候,她亲手在他的坟堆上撒了一把土,然后在坟边栽了一棵枇杷树。

据说,徐复观在生前曾多次托人为她打听那个货郎的下落。尽管他也曾得到过一些线索,但最终还是没有查清这个货郎在那年雨季从麦村消失后究竟去了哪里。在村里纷纷扬扬的传闻中,有一种较为可靠的说法是:货郎在公社大院被禁闭了三个月之后,被派遣到县里的一个铜矿厂当门卫。一天早晨,他在过马路的时候,和一辆装满猪肉的卡车迎面相撞。他的身体被弹到了路边的一处排水沟里,手里紧紧地捏着一本列宁的《国家与革命》。

差不多午夜的时候,我在枣梨园北楼的一间小屋里醒了过来。月亮已经升到了中天,窗外树木的浓荫浸沐在一带幽蓝的光亮之中。在这夜深人静的时刻,我常常有这样的感觉:我躺在母亲的身边,在一个遥远的夜晚沉沉入睡,当我在晨曦中醒来的时候,就已经变成了一个老人。当我回忆的道路突然中断,我的大脑失神,记忆一片空白的时候,我的眼前总会立即闪现出一个粉红色的画面,它像一瓶被打翻的颜料在水面上荡漾,随后四散开来。我从中看到了夕阳的光芒,我看见父亲紧锁着眉头,沿着江宁古老的城墙迎面走来,他的身后是一处芦苇摇曳的水潭,父亲在水潭边停了一下,朝远处张望。我看见四月的春雨淅淅沥沥地下着,我们的坐轿在一条泥泞而悠长的道路上越走越远。

在我的记忆之中,道路两边树木迤逦,岁月的果实压满枝头。天空中一会儿阳光普照,百鸟啼鸣,一会儿雨水连连,阴风阵阵,伴随着一种静寂的声音。

我想到,树木的凋零往往是由于突如其来的朔风和冬天悄然而降的霜冻,或者是由于炮火的摧折。在震耳欲聋的枪炮声中,我看见一匹匹脱缰的战马在旷野中奔跑,马蹄溅起高高的水花;一排排树木在炮火中被齐腰炸断,炮弹爆炸后形成的气浪和青烟顺着风向飘向远处。即便是在战争最为激烈的时刻,我们也同时可以感受到硝烟的气息、泥土的芳香和不朽阳光的温暖。仲月楼说,只有在战争进行的间隙,安详而宁静的农事才会激起我们对大地的渴望与遐思。我们整夜整夜地遥望着原野中的谷仓在大火中燃烧,火光照亮树林,在河边饮水的马匹,庄稼地,和远处隐隐约约一带山峦。它挑逗起我们睡眠的欲望。在许许多多个这样的清晨,我看见道路边的草丛中缀满了红色的浆果,盛开着一簇一簇白色的绣绒花和矢车菊,花蕾上挂满了露珠,然后篱外斜坡上的阳光慢慢朝这边聚拢过来,吸干了空气中的水分。在一条河道的对岸,我看见胡蝶的身影在树木的枝叶之间闪闪烁烁,她戴着一顶麦秆编成的圆帽,在空空荡荡的门楼前朝远处张望,在呆滞的阳光下踟蹰不前。随后,她爬上了一辆四轮马车,马车静静地绕过一道垛墙,在一条半明半暗的弄堂里消失了。

麦村纺织厂的机杼之声再一次使我回到了现实之中。同时,我还听到了枣梨园中蟋蟀低低的吟叫。我躺在床上,遥望着窗外璀璨而神秘的星斗想入非非。我不知道疾速流淌的时间最终将把我带到一个什么地方。现实是令人厌倦的,它只不过是过去单调而拙劣的重复,到了某一个时刻,回忆注定要对它进行必要的修改。

我打开了床头的一只半导体收音机，它依旧像从前那样完好无损，光亮如新。收音机的塑料外壳上似乎还残留着杜鹃的手触摸后留下的余温。

我在想，在那样一个年月里，正是她身上的耻辱造就了她的贞节，正如我们常常从黑夜之中看到黎明一样。她现在已经无法知道我对她永久的思念。我时常像一个孩子那样将自己的脸贴在收音机的外壁上，在枕边一遍遍地呼唤着她的名字。

收音机里正在播送着一条新闻。

一九九〇年春天，中国大地似乎风调雨顺，除了北方的山东、河南两省遭遇到一起并不严重的旱灾之外，它和以往的年月并没有多大的不同。

我的记忆像月亮一样高挂在这个夜晚的天空，停留在某一处时间的边缘。它越过一只陶瓷的水杯，照在我的床前，带给我无法说明的忧伤、悲悯，和深深的怀念。

图书在版编目(CIP)数据

边缘/格非著. —杭州: 浙江文艺出版社,2020.1(2022.11 重印)
ISBN 978-7-5339-5816-9

Ⅰ. ①边… Ⅱ. ①格… Ⅲ. ①长篇小说—中国—当代
Ⅳ. ①I247.5

中国版本图书馆 CIP 数据核字(2019)第 200312 号

策划统筹: 曹元勇
责任编辑: 李 灿
文字编辑: 易肖奇
封面设计: 人马艺术设计·储平
责任印制: 吴春娟

边缘
格非 著

出版: 浙江文艺出版社
地址: 杭州市体育场路 347 号 邮编: 310006
网址: www.zjwycbs.cn
经销: 浙江省新华书店集团有限公司
印刷: 上海中华商务联合印刷有限公司
开本: 850 毫米×1168 毫米 1/32
字数: 150 千字
印张: 8.5
插页: 4
版次: 2020 年 1 月第 1 版
印次: 2022 年 11 月第 4 次印刷
书号: ISBN 978-7-5339-5816-9
定价: 48.00 元(精装)